OS MISERÁVEIS

Tradução e adaptação
WALCYR CARRASCO

OS MISERÁVEIS

VICTOR HUGO

2ª edição revista
São Paulo

Ilustrações
WEBERSON SANTIAGO

MODERNA

© WALCYR CARRASCO, 2012
1ª edição 2002

COORDENAÇÃO EDITORIAL Maristela Petrili de Almeida Leite
EDIÇÃO DE TEXTO Carolina Leite de Souza
COORDENAÇÃO DE PRODUÇÃO GRÁFICA Dalva Fumiko
COORDENAÇÃO DE REVISÃO Elaine Cristina del Nero
REVISÃO Adriana C. Bairrada
COORDENAÇÃO DE EDIÇÃO DE ARTE Camila Fiorenza
PROJETO GRÁFICO Camila Fiorenza
ILUSTRAÇÕES DE CAPA E MIOLO Weberson Santiago
DIAGRAMAÇÃO Cristina Uetake, Vitória Sousa
PESQUISA ICONOGRÁFICA Mariana Veloso, Marcia Sato
COORDENAÇÃO DE BUREAU Américo Jesus
TRATAMENTO DE IMAGENS Fábio N. Precendo
PRÉ-IMPRESSÃO Alexandre Petreca, Everton L. de Oliveira Silva, Helio P. de Souza Filho, Marcio Hideyuki Kamoto
COORDENAÇÃO DE PRODUÇÃO INDUSTRIAL Wilson Aparecido Troque
IMPRESSÃO E ACABAMENTO HRosa Gráfica e Editora
LOTE 762659
COD 12079734

A TRADUÇÃO FOI BASEADA NA EDIÇÃO:
LES MISERABLES, DE VICTOR HUGO,
SEGUNDO EDIÇÕES GF FLAMMARION.

Dados Internacionais de Catalogação na Publicação (CIP)
(Câmara Brasileira do Livro, SP, Brasil)

Carrasco, Walcyr
   Os miseráveis / Victor Hugo ; tradução e adaptação Walcyr Carrasco. — 2. ed. —
São Paulo : Moderna, 2012. — (Série clássicos universais)

   ISBN 978-85-16-07973-4

   1. Literatura infantojuvenil I. Hugo, Victor, 1802-1885. II. Título. III. Série.

12-05456   CDD-028.5

Índices para catálogo sistemático:
  1. Literatura infantojuvenil   028.5
  2. Literatura juvenil   028.5

DE ACORDO COM AS NOVAS NORMAS ORTOGRÁFICAS

Reprodução proibida. Art.184 do Código Penal e Lei 9.610 de 19 de fevereiro de 1998.

Todos os direitos reservados
EDITORA MODERNA LTDA.
Rua Padre Adelino, 758 - Belenzinho
São Paulo - SP - Brasil - CEP 03303-904
Vendas e Atendimento: Tel. (11) 2790-1300
www.modernaliteratura.com.br
2022
Impresso no Brasil

Sumário

Os miseráveis – Marisa Lajolo, 9

PRIMEIRA PARTE: A LIBERDADE, 33

1 – Jean Valjean, 35

2 – Monsenhor Benvindo, 45

3 – O roubo, 56

4 – A moeda de prata, 63

SEGUNDA PARTE: O PREFEITO, 69

5 – Cosette, 71

6 – A fábrica, 78

7 – A queda, 84

8 – Briga na rua, 88

TERCEIRA PARTE: A PERSEGUIÇÃO, 93

9 – O acusado, 95

10 – Julgamento, 101

11 – Prisão, 107

QUARTA PARTE: A VIDA COM COSETTE, 113

12 – A boneca de louça, 115

13 – Perseguição e fuga, 122

QUINTA PARTE: PARIS, 133

14 – Marius, 135

15 – Uma família de vigaristas, 142

16 – A cilada, 150

17 – O primeiro beijo, 162

18 – A barricada, 172

19 – À beira da morte, 184

20 – O casamento, 193

21 – A hora do adeus, 198

Por que amo *Os miseráveis* – Walcyr Carrasco, 208

Quem foi Victor Hugo, 211

Quem é Walcyr Carrasco, 213

OS MISERÁVEIS

Marisa Lajolo

Um *best seller* internacional

Dois mil e doze foi um ano muito especial para *Os miseráveis*, obra do escritor francês Victor Hugo (1802-1885): marcou os cento e cinquenta anos de seu lançamento, que foi precedido de farta publicidade em jornais.

Lançamento especialíssimo, porque internacional: ao mesmo tempo que o livro *Os miseráveis* foi lançado na terra natal de seu autor, foi também distribuído na Itália, na Polônia, na Bélgica e... até no Brasil!

Notícias da época contam a corrida às livrarias em busca da futura obra-prima.

O que teria o livro de tão especial para atrair tantos leitores?

Hipóteses para o sucesso do livro

Miseráveis... Como? Quem? Não é um xingamento?

Pois é: não é...

Como você provavelmente já sabe, tudo tem história. Você, por exemplo, tem uma: a sua história, que começou quando você foi concebido. Cada rua, cada cidade, cada país tem uma história. Algumas delas se aprendem na escola. Outras, não. Até objetos têm história. E também as palavras.

Na história das palavras, aprendemos que o seu significado às vezes muda com a passagem do tempo.

Qual seria a história da palavra que dá nome a este livro?

O título do original francês é *Les miserables*. Bastante parecido com o título em português *Os miseráveis*, não é mesmo? "Miserable" e "miserável" são palavras que vêm do latim: *miserabilis*. Dizia-se em latim que era "miserabilis" alguém ou alguma coisa digno de pena , digno de piedade.

Hoje, no entanto, em português, a palavra "miserável" é empregada quase sempre como xingamento. Diz-se que é miserável alguém ruim, malvado, cruel, sovina.

No título do livro de Victor Hugo, todavia, o significado pretendido é o mais antigo. Os miseráveis que fazem parte desta história são pessoas sofredoras, dignas de pena. O extraordinário sucesso do livro talvez se deva à reação que ele provocou nos muitos milhares de pessoas que o leram e, a partir dele, desenvolveram e/ou intensificaram piedade e solidariedade pelas personagens.

Os leitores costumam terminar a leitura desta obra solidários com as pessoas que sofrem.

Será que vai ser assim com você?

Uma história em *windows*

Os miseráveis tem como personagem central Jean Valjean.

Quem era Jean Valjean?

Menino pobre, órfão de pai e mãe, foi criado por uma irmã cheia de filhos. A história se passa num tempo em que a vida na França era muito cara e faltavam empregos. Num dia de inverno rigoroso, o menino rouba um pão e é preso. Fica na cadeia por um bocado de tempo.

Não, não pense que estou entregando a história, estragando o suspense: o romance começa quando Jean Valjean sai da prisão... Acompanhando a vida dele, *Os miseráveis* leva o leitor por vários caminhos.

Em várias passagens da história há alusão a episódios importantes da história francesa. Como por um bom tempo — na realidade, ao longo de praticamente todo o século XIX — a França foi espelho do mundo, leitores de todo o planeta interessavam-se pelas campanhas em que este país estava envolvido.

Mas... o leitor de hoje pode perguntar-se: que França era esta que interessava a todos os povos do mundo?

Como você verá ao ler o livro, era uma França que tinha feito a grande revolução burguesa em 1789, mas que continuava dominada por nobres, sacerdotes, generais. Pelos poderosos de todos os tempos. Abaixo deles, a gente do povo. Gentinha miúda e pobre, como era Jean Valjean, que tinha roubado um pão...

Assim, além dos cenários históricos, o livro faz o leitor percorrer a paisagem social francesa: pobres e ricos, criminosos e policiais, trabalhadores e desocupados, prostitutas e padres, todos eles vêm para as páginas do romance.

Nesse entrelaçado de figuras humanas — criadas por Victor Hugo no século XIX francês — o leitor brasileiro de hoje encontra alguns tipos com os quais (infelizmente?) pode cruzar, andando pelas ruas de nosso país... Este contínuo interesse pelo livro deve-se, talvez, à universalidade dos temas que percorrem suas páginas.

E é o que faz de *Os miseráveis* uma obra clássica.

Esta versão: Walcyr Carrasco & Victor Hugo

Se é verdade — e é verdade verdadeira! — que o que torna uma obra clássica é sua sobrevivência à passagem do tempo, é também verdade que outro traço dos clássicos é sua capacidade de serem constantemente reescritos.

São reescritos — digamos metaforicamente — em primeiro lugar pelos leitores, uma vez que cada um deles imagina de um jeito diferente o que está escrito na história... Mas essa reescritura é pessoal e íntima, ocorre no interior da cabeça de quem lê.

A universalidade de um livro tem a ver com outra forma de reescritura.

Tem a ver, por exemplo, com as traduções, adaptações e citações que a obra recebe.

Relativamente a *Os miseráveis*, o romance é uma das obras mais traduzidas e adaptadas do mundo. No Brasil, por exemplo, ela foi traduzida quase simultaneamente a seu lançamento: no mesmo ano de 1862 foi publicada no Maranhão uma edição brasileira. E de lá para cá — em seus já apontados cento e cinquenta anos de vida — a história do menino que foi preso por roubar um pão está reescrita em quase todas as línguas.

Mas além da transposição de um texto de um idioma para outro, uma obra também é reescrita quando é adaptada... Que é exatamente o caso desta versão de *Os miseráveis* que você tem em mãos. O cinema, o teatro, a televisão e os quadrinhos continuam a reescrevê-la, adaptando-a a suas respectivas linguagens.

O livro original de Victor Hugo era imenso: tinha mais de quinhentas páginas, em letra pequena. Nem sempre as pessoas tinham/têm condições de ler livros desse porte. Assim, desde que foi publicado pela primeira vez, apareceram várias adaptações da história, que suprimiam algumas passagens, mantendo, no entanto, o enredo.

Foi o que Walcyr Carrasco fez.

Mas ele fez mais do que simplesmente narrar a sucessão de episódios do texto-fonte. Numa história em que o tempo é constantemente manipulado pelo narrador, num enredo cheio de idas e vindas (chamadas de *flash backs*), é importante orientar o leitor, cuidado em que Walcyr Carrasco seguiu Victor Hugo, informando as quebras cronológicas: "Oito ou dez meses depois"... (capítulo 8, p. 88) "Cinco anos após os fatos narrados"... (capítulo 17, p. 163).

Assim, nesta bela adaptação, mantêm-se toda a emoção, suspense e talento romanesco da história original.

Pois, além da fidelidade ao enredo, Walcyr Carrasco também preservou o cuidado de Victor Hugo em, de vez em quando, falar diretamente com o leitor, como se o pegasse pela mão e o conduzisse através dos lances da narrativa. Observe isso, por exemplo, em algumas passagens em que o leitor é diretamente convocado pelo narrador ("Sem dúvida, o leitor já adivinhou que Madaleine era, de fato, Jean Valjean" [capítulo 9, p. 98) ou na utilização da primeira pessoa do plural, forma verbal em que narrador e leitor tornam-se aliados, como ocorre na passagem "Já sabemos que o desconhecido não era outro senão Jean Valjean" (capítulo 13, p. 124).

Ou seja, o trabalho do adaptador não é apenas recontar de forma simplificada a sucessão de peripécias que constituem um romance. Ele reconta os episódios, mas precisa inventar maneiras de manter — na versão adaptada da obra — elementos da estrutura original.

Nada simples, não é mesmo?

Mas Walcyr Carrasco tira de letra...

As chaves do suspense

Este livro de Victor Hugo é composto de uma forma bastante sofisticada. Já vimos como, em certas passagens, o narrador dirige-se diretamente ao leitor, chamando sua atenção para elementos importantes da composição da obra.

Mas esse diálogo com os leitores não é o único recurso de sofisticação do romance.

Em vários momentos, a história menciona e reproduz cartas, bilhetes e artigos de jornal. Essa pluralidade de gêneros, entrelaçados à narração, movimenta a história. Diversifica as vozes que a contam.

No caso, por exemplo, dos artigos de jornal, o narrador sugere que eles conferem veracidade à história. Numa das passagens de maior suspense do livro, uma das personagens defende a tese de que jornais contam sempre a verdade: não são provas manuscritas, que podem ser forjadas. Mas provas impressas! "Tirou um pacote do bolso. Eram dois jornais amarelados pelo tempo" (capítulo 21, p. 201).

Talvez o leitor do século XXI não acredite (e talvez nem deva acreditar!) tanto no que escrevem os jornais.

Mas o argumento merece reflexão.

No livro de Victor Hugo, a história de Jean Valjean é cheia de idas e vindas. Começa quando ele sai da prisão e depois é que vai narrar as razões de ter sido preso. Há, assim, trechos em que a cronologia não é linear. Além disso, são inúmeras as personagens que contracenam na história. Elas têm suas próprias histórias, que vêm de diferentes regiões da França, que são membros de diferentes classes sociais.

Todas as personagens, de uma forma ou de outra, direta ou indiretamente, cruzam suas vidas com a vida de Jean Valjean. Dentre elas, destacam-se Fantine e Cosette, mãe e filha. Através delas, o romance faz sua mais radical e comovente denúncia social. Na história das duas, vem para o enredo a questão da prostituição e dos maus-tratos a menores.

Como nos melhores romances de todos os tempos, é neste incessante cruzamento de personagens que *Os miseráveis* vai envolvendo o leitor.

Romance precisa ter suspense e... romance!

Não falta, à história que Jean Valjean protagoniza, elementos de um episódio amoroso, ingrediente romanesco sempre do agrado de leitores. No caso deste livro, isso é representado pelos lances sentimentais vividos por Cosette — a filha de Fantine — e Marius.

Como em toda história de amor, sobram empecilhos para separar o casal.

Dentre os problemas que os jovens enfrentam, a história volta a ganhar a dimensão de romance social e político. Assinala preconceitos que permeavam a sociedade da época. A origem social de Cosette põe em risco o *happy end*: parentes de seu bem amado são de linhagem antiga e pautam sua vida por valores muito rígidos e estritos.

É já quase ao final do livro que o enredo amoroso ganha maior corpo. Mas ao longo de um bom trecho da obra, o leitor acompanha as idas e vindas até o desenlace. *Happy end? Ou desencontro?*

Quem ler o livro até o fim, fica sabendo.

Se o enredo amoroso é uma das estruturas da história, ela também lança mão de todos os recursos com que — até hoje — *best sellers* seduzem seus leitores.

Identidades secretas, acusações falsas, grandes vilões malvados até o âmago da alma, figuras de ilimitada generosidade, fugas espetaculares, salvamentos no último minuto são componentes da história que não deixam o leitor largar o livro.

No entanto, mesmo que alguns dos materiais com que Victor Hugo compõe seu livro sejam comuns a outros romances contemporâneos seus, com mão de mestre o escritor fecunda suas personagens com traços muito especiais.

Exemplo disto é Javert, o policial que vive sérios problemas éticos: no enredo, ele se debate, dividido entre o dever profissional e a lealdade. E deixa, na cabeça do leitor, um eco de seu dilema...

Os miseráveis no Brasil

Dentre os milhares de leitores brasileiros que leram o romance logo que ele foi lançado, destacam-se vários escritores. Entre eles, o poeta baiano Castro Alves (1847-1871).

No belo poema "Poesia e mendicidade", incluído em seu livro *Espumas flutuantes*, publicado em 1871, Castro Alves trata de um assunto muito pouco presente na literatura: a questão da profissionalização do escritor. Já desde seu título o texto denuncia a condição de quase mendigo ("mendicidade") do poeta ("poesia").

Ao passar em revista as formas de remuneração do escritor ao longo da história, o poeta baiano, indiretamente, registra a extrema popularidade do romance de Victor Hugo. Neste registro, recibo da admiração do poeta brasileiro pelo escritor francês, os versos fazem referência ao fato de Victor Hugo ter caído em desgraça e estar exilado, mas também registram a extrema popularidade do escritor, lido por todos, inclusive pelos muito pobres: abre-se a choça aos Miseráveis de Hugo:

Melhor que o Rei sabe pagar o pobre
Melhor que o nobre — protetor verdugo —
Foi surdo um trono... à maior glória vossa...
Abre-se a choça aos Miseráveis de Hugo.

Que melhor reconhecimento poderia ter o escritor francês do que a homenagem que lhe faz, tão pouco tempo depois da publicação de seu livro e a tantos quilômetros de distância, o poeta brasileiro Castro Alves?

E que maior estímulo nós poderíamos ter para a leitura deste livro que teve tantos e tão credenciados leitores?

Webgrafia consultada:

* AGUIAR, Ofir Bergemann de. "Os miseráveis nos rodapés do *Jornal do Comércio*: uma tradução integral e semântica". Disponível em: http://www.letras.ufmg.br/victorhugo/anais_main/aguiar_01.htm (consulta em 18/abr./2012).

* PINHEIRO, Alexandra Santo. "Uma metalinguagem do fazer literário: análise das narrativas publicadas no *Jornal das famílias*". Disponível em: www.caminhosdoromance.iel.unicamp.br/estudos/abralic/metalinguagem_fazer.doc (consulta em 18/abr./2012).

* HUGO, Victor. *Les miserables*. Disponível em: www.gutenberg.org/ebooks/135 (consulta em 18/abr./2012).

* ROUANET, Sergio Paulo. "Este século tem dois anos: a propósito do bicentenário de Victor Hugo". Disponível em: www.letras.ufmg.br/victorhugo/anais_doc/rouanet.doc (consulta em 18/abr./2012).

Linha do tempo
Os miseráveis, de Victor Hugo

Marisa Lajolo
Luciana Ribeiro

1802	Nascimento de Victor Hugo, na França.
1862	Publicação de *Os miseráveis.* Lançamento simultâneo em Paris, Milão, Varsóvia... Rio de Janeiro. Folhetins no *Jornal do Comércio* (RJ), com tradução de Justiniano José da Rocha. Transcrição em jornais cariocas de artigos sobre *Os miseráveis* saídos em jornais franceses. 10 mil exemplares em tradução lançada no Maranhão (*) Lançamento em Portugal de Tradução de Antonio Rodrigues de Souza e Silva. Civilização Porto.
Década de 1870	Em leilões cariocas, são anunciados vários livros franceses, entre eles *Os miseráveis,* de Victor Hugo. Fonte: http://www-.ieg.ufsc.br/admin/downloads/artigos/01112009-112540bessone.pdf (consulta em: 18/abr./2012).
1885	Morte de Victor Hugo.
1907	Primeira adaptação cinematográfica de *Os miseráveis,* com direção de Alice Guy Blache.
1956	Álbum em quadrinhos gigante de *Os miseráveis,* lançado pela Ebal – Editora Brasil América Ltda.
1958	Telenovela da TV Tupi inspirada em *Os miseráveis,* direção de Dionísio Azevedo.
1967	Telenovela na TV Bandeirantes, dirigida por Walter Negrão.

1970	Reconto de *Os miseráveis* em português, por Miecio Tati, com ilustrações de Teixeira Mendes. Editado por Tecnoprint.	Reconto posteriormente editado pela Ediouro.
1980	Musical de *Os miseráveis* apresentado no Palais des Sports, Direção de Robert Hossein e Música de Claude-Michel Schönberg.	
2001	Musical brasileiro encenado no Teatro Abril, com direção de Helzer de Abreu.	
2002	Edição comemorativa de *Os miseráveis* para o bicentenário de Victor Hugo (1802-1885). Tradução de Frederico Ozanan Pessoa de Barros e apresentação de Renato Janine Ribeiro. Casa da Palavra, Rio de Janeiro.	
2006	Walcyr Carrasco lança versão em braille pela Fundação Dorina Nowill.	
2008	Adaptação para cordel de Klévisson Viana. Editora Nova Alexandria.	
2009	Apresentação de Susan Boyle no programa *Britain's Got Talent*, com a canção *I Dreamed a Dream* (*Os miseráveis*). No mesmo ano a inglesa lançou um álbum com o mesmo nome da música e em apenas um mês atingiu o título de álbum mais vendido do ano.	

Referências

(*) Dados extraídos de:

♦ AGUIAR, Ofir Bergemann de. "Recepção de *Os miseráveis* no Brasil do século XIX. In: *Revista Signótica*, v. 13, n. 1 (2001). Disponível em: www.revista.ufg.br/index.php/sig/article/view/7297 (consulta em 14/jan./2012).

♦ AGUIAR, Ofir Bergemann de. "Os miseráveis nos rodapés do *Jornal do Comércio*: uma tradução integral e semântica". Disponível em: http://www.letras.ufmg.br/victorhugo/anais_main/aguiar_01.htm (consulta em 18/abr./2012).

PAINEL DE IMAGENS

Victor Hugo em fotografia tirada em 1867.

"Os miseráveis, de Victor Hugo, à venda em todas as livrarias": cartaz projetado por George Dupuis para edição da livraria francesa Ollendorf, aproximadamente 1905.

Assinatura do Victor Hugo

Página de rosto da primeira edição de Os miseráveis, 1862.

Frontispício da primeira edição francesa de Os miseráveis, 1862.

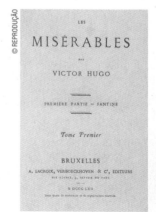

Frontispício da primeira edição belga de Os miseráveis, 1862.

24

Ilustração de Samuel G. Green retratando a pobreza na França do século XIX: duas crianças em frente à cabana onde moram, na região de Ardennes, 1878.

Caricatura de Victor Hugo elaborada por André Gill e publicada no periódico francês *La Petite Lune*, 1878.

Declaração dos Direitos do Homem e do Cidadão, aprovada pela Assembleia Nacional Constituinte da França em 26 de agosto de 1789.

Selo soviético em homenagem a Victor Hugo, 1952.

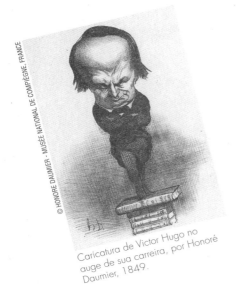

Caricatura de Victor Hugo no auge de sua carreira, por Honoré Daumier, 1849.

Ilustração da personagem Cosette quando criança. Émile Bayard, final do século XIX.

Victor Hugo com os netos Jeanne e Georges, aproximadamente 1880-82.

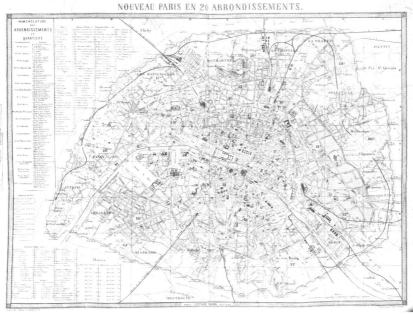

Mapa de Paris durante o Segundo Império, depois de 1860.

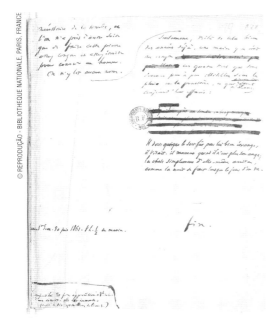

Última página do manuscrito de *Os miseráveis*, 1861.

Gavroche morrendo durante motim ocorrido em 1832 nas ruas de Paris. Ilustração de capa da revista *Les grands romans illustrés*, Gaston Niezab, 1947.

A *Liberdade guiando o povo*, óleo sobre tela de Eugène Delacroix, 1830. Nesta obra, Delacroix se inspira na revolta da população parisiense, que, em 1830, mobilizada pelas ideias liberais, sai às ruas para pôr fim ao reinado de Carlos X.

Pôster de divulgação de
Os miseráveis, 1886.

Cartaz do filme dirigido por Lewis Milestone baseado
na obra homônima de Victor Hugo, 1952.

Cartaz da versão de *Os miseráveis* para o cinema, de
Jean-Paul Chanois, estrelado por Jean Gabin, 1958.

29

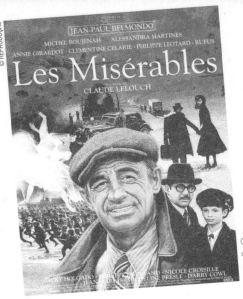

Cartaz da adaptação cinematográfica de *Os miseráveis*, com direção de Claude Lelouch, 1994.

Propaganda de versão brasileira de *Os miseráveis* para o teatro, direção de Paulo Afonso de Lima, 2010.

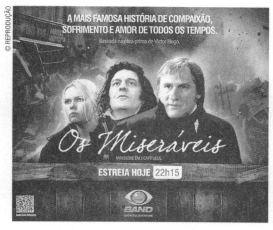

Propaganda de minissérie para a televisão inspirada em *Os miseráveis*, 2000. Direção de Josée Dayan.

Capa de álbum gigante, em quadrinhos, de *Os miseráveis*, lançado pela Ebal Editora Brasil-América Ltda. em 1956.

Cartaz do musical brasileiro inspirado em *Os miseráveis*, apresentado no Teatro Abril, com direção de Helzer de Abreu, 2001.

Capa da adaptação para cordel de *Os miseráveis* por Klévisson Viana, Editora Nova Alexandria, 2008.

Cartaz do musical brasileiro inspirado em *Os miseráveis*, com direção de Helzer de Abreu, 2001.

Primeira parte

A LIBERDADE

1
JEAN VALJEAN

Em um dos primeiros dias de outubro, em 1815, antes do pôr do sol, um homem viajava a pé. Tinha aparência assustadora. Seria difícil encontrar alguém com aspecto mais miserável. Era forte, de estatura mediana. Parecia ter de quarenta e cinco a cinquenta anos. Na cabeça, um boné com aba de couro. A camisa, de tecido grosseiro, mal fechada, deixava ver o peito cabeludo. Calças esfarrapadas. Sapatos sem meias. Nas costas, um volumoso saco de viagem de soldado. Trazia na mão um cajado de madeira, cheio de nós. Cabeça raspada e barba crescida. O suor e o pó da estrada tornavam sua aparência ainda pior.

Chegou à cidade francesa de Digne. Lá, ninguém o conhecia. Como era hábito na época, passou na Prefeitura para se identificar. Apresentou o documento, uma espécie de licença, exigido para viajar pelo país na época. Em seguida, procurou a melhor estalagem local, de propriedade de um tal Jacquin Labarre. Os fogões estavam acesos. A lareira aquecia o ambiente. Labarre preparava o jantar destinado aos hóspedes. Quando ouviu a porta se abrir, sem tirar os olhos do que estava fazendo, perguntou:

— Que deseja?

— Comer e dormir.

— Nada mais fácil!

Olhou o recém-chegado dos pés à cabeça e fez uma observação:

— Pagando!

O homem mostrou uma bolsa de couro.

— Tenho dinheiro.

— Estou às ordens — respondeu Labarre.

O recém-chegado tirou o saco de viagem dos ombros. Sentou-se perto do fogo. Em Digne, cidade próxima à montanha, na região dos Alpes franceses, as tardes e as noites são frias. O dono da hospedaria, entretanto, não tirava os olhos do homem. Escreveu uma mensagem. Deu-a a um rapazinho que lá trabalhava. Este correu para a Prefeitura. O forasteiro, com fome, perguntou:

— E o jantar?

— Não demora — respondeu Labarre.

Os miseráveis

O rapaz voltou com a resposta. O dono da hospedaria leu com atenção. Pensou um pouco. Foi até o viajante e disse:

— Senhor, não posso hospedá-lo.

O homem espantou-se.

— Se quiser, pago adiantado.

— Não tenho quarto.

— Durmo na estrebaria.

— Não é possível, está cheia de cavalos.

— Fico em um canto qualquer. Depois do jantar, combinamos.

— Mas não posso lhe servir o jantar — disse Labarre, com voz firme.

O viajante quis explicar. Falou que fizera uma longa viagem.

— Estou morto de fome e cansaço. Eu pago! Mesmo assim, não posso jantar?

— Não tenho nada para servir.

O homem deu uma gargalhada. Mostrou os fogões.

— Aquilo, o que é?

— Tudo isso já está reservado para os outros hóspedes. Pagaram adiantado.

O viajante insistiu:

— Não saio sem jantar!

O dono da hospedaria aproximou-se e falou-lhe firmemente ao ouvido:

— Vá embora!

Surpreendido, o forasteiro ergueu a cabeça. O outro continuou:

— Já sei como se chama. Seu nome é Jean Valjean! Logo na chegada, desconfiei da sua pessoa. Mandei perguntar sobre você na Prefeitura, onde se identificou. Aqui está a resposta.

— Sabe ler?

O homem olhou o papel. Labarre prosseguiu:

— Costumo ser educado. Por isso peço mais uma vez: vá embora!

Sem responder, o outro pegou o saco de viagem. Partiu. Andou pela rua principal, humilhado e triste. Não olhou para trás. Se tivesse se virado, teria visto o dono da hospedaria na porta, cercado de gente, falando enquanto o apontava com o dedo. Pelo jeito daquelas pessoas, sabia que dali a pouco seria comentado em toda a cidade. Caminhou um bom tempo pelas ruas, que não conhecia. A fome aumentou. Procurou outra estalagem onde pudesse hospedar-se. Por acaso, havia uma no fim da rua. Olhou pela vidraça.

Viu o fogo da lareira, alguns homens que comiam e bebiam. Sobre o fogo, uma panela de ferro que soltava fumaça. Foi até a porta.

— Quem está aí? — perguntou o dono do local.

— Alguém que deseja comer e uma cama para dormir esta noite.

— Entre. Está no lugar certo.

O homem entrou. Enquanto tirava o saco de viagem, todos o observavam. Sentou-se à beira da lareira. Estendeu para perto do fogo os pés cansados de andar. Aspirou o cheiro da comida na panela. Por um instante, seu rosto teve uma leve aparência de satisfação. Mas em uma das mesas estava certo peixeiro. Pouco antes, passara pela outra estalagem. Fizera parte do grupo de curiosos onde se falara do homem. Fez um pequeno sinal ao dono do lugar, que se aproximou. Conversaram em voz baixa. O estalajadeiro[1] foi até o desconhecido. Ordenou:

— Vá embora!

[1] O estalajadeiro era o dono de uma estalagem, estabelecimento que hospedava os visitantes e servia refeições mediante pagamento.

O viajante respondeu calmamente:

— Ah! O senhor já sabe?

— Sei!

— Não quiseram hospedar-me na outra estalagem.

— E daqui está sendo expulso!

— Para onde quer que eu vá?

— Para longe!

O homem pegou seu cajado e seu saco de viagem e saiu.

Alguns rapazes, que o seguiram desde a outra hospedaria, pareciam estar à sua espera. Atiraram-lhe pedras. Ele os ameaçou com o cajado. Os jovens correram. Em seguida, caminhou até a cadeia. Havia uma porta com uma sineta. Tocou-a. Abriu-se uma janelinha na porta. Pediu:

— Senhor carcereiro, pode fazer o favor de me abrigar esta noite?

— A cadeia não é albergue! Dê um jeito de ser preso e dormirá aqui!

Continuou andando. Entrou em uma rua cheia de pequenos jardins. Avistou uma casinha com a janela iluminada. Mais uma vez, olhou pela vidraça. Era uma sala simples, pintada de branco, com uma cama, um berço em um canto, algumas cadeiras e uma espingarda pendurada na parede. Uma lamparina iluminava a toalha de pano grosseiro, com uma tigela cheia de sopa bem quente. À mesa, um homem de uns quarenta anos, sorridente, balançava um menino em seus joelhos. Sua mulher, ainda jovem, dava de mamar a outra criança. O viajante observou durante algum tempo essa cena agradável. Pensou que onde havia tanta felicidade também devia existir compaixão. Bateu levemente na vidraça. Não ouviram. Bateu novamente. A mulher falou com o marido:

— Ouvi baterem.

— Não — respondeu o marido.

Bateu pela terceira vez. O dono da casa pegou a lamparina. Abriu a porta.

— Desculpe-me, senhor — disse o viajante. — Será que, se eu pagar, pode me dar um prato de sopa e me deixar dormir naquele coberto lá do quintal?

— Quem é você?

— Venho de longe. Andei o dia todo para chegar até aqui.

— Por que não vai para a hospedaria?

— Não há lugar.

O dono da casa estranhou:

— Não é possível. Hoje não é dia de feira, nem de mercado. Foi à estalagem de Labarre?

Sem jeito, o forasteiro balbuciou:

— Ele não me quis hospedar.

— Mas há outra, tentou ir até lá?

— Também não me receberam.

Uma expressão de desconfiança tomou conta do rosto do dono da casa. Observou o viajante da cabeça aos pés.

— Então... você é o sujeito de que estão falando?...

Afastou-se. Apoiou a lamparina na mesa. Pegou a espingarda. A mulher agarrou os filhos e correu para refugiar-se atrás do marido.

— Vá embora!

— Por caridade — insistiu o viajante —, um copo de água.

— Leva um tiro, se não for! — respondeu o outro.

Em seguida, bateu a porta. Trancou-a. O forasteiro ouviu enquanto ele colocava uma tranca de ferro.

A noite descia. O vento frio, vindo das montanhas, aumentava. Exausto, viu em um quintal uma casinha estreita e baixa. Pensou que fosse onde o jardineiro guardava as ferramentas. Tinha fome e frio. Conformado com a fome resolveu pelo menos abrigar-se. Entrou de gatinhas dentro da cabana, onde havia uma boa cama de palha. Deitou-se. De repente, ouviu um latido feroz. Olhou. Na entrada da casinha, no escuro, estava um cachorro enorme. Tinha se abrigado na casinha do cachorro.

Graças à sua grande força, conseguiu se defender com o cajado do ataque do animal, usando o saco de viagem como escudo. Conseguiu sair a duras penas da casinha e do quintal e pular a cerca. Na rua, sem abrigo, sozinho, expulso até mesmo de um canil, caiu sentado e disse para si mesmo:

— Não valho nem um cachorro!

Caminhou mais algum tempo, com a cabeça caída sobre o peito. Vagou pelas ruas, ao acaso. Ao passar em frente à catedral, ameaçou a igreja com a mão cerrada. Finalmente, deitou-se em um banco da praça.

Uma velha saía da igreja. Ao ver aquele homem estendido no banco de pedra, aproximou-se:

— Que faz aí, meu amigo?

— Como vê, estou deitado — respondeu ele duramente, com raiva.

Ela insistiu:

— Nesse banco?

— Por dezenove anos, em vez de colchão, tive uma tábua — disse o homem. — Hoje posso dormir em um colchão de pedra.

— Foi soldado?

— Sim, minha boa senhora. Soldado.

— Por que não vai para a estalagem?

— Não tenho dinheiro.

— Ih! Só tenho quatro moedinhas — disse a marquesa.

— Mesmo assim, me dê!

O homem pegou as moedas. A marquesa insistiu:

— É muito pouco para pagar a hospedaria. Mas não pode passar a noite aqui. Deve estar com frio e fome. Talvez alguém o abrigue por caridade.

— Já bati em todas as portas.

— E o que houve?

— Em todas, me recusaram abrigo.

A mulher pegou no braço do homem e apontou para uma casinha branca do outro lado da praça.

— Naquela porta, já bateu?

— Não.

— Pois é lá que deve bater.

2

MONSENHOR BENVINDO

À tarde, o bispo de Digne, depois de passear pela cidade, voltara para casa e fora para o quarto, onde ficaria trabalhando em um livro que estava escrevendo. Charles-François Myriel, o bispo, também era conhecido como Monsenhor Benvindo. Era um velhinho de 75 anos, de uma bondade e simplicidade cativantes. Filho de um nobre, durante a Revolução Francesa[2] emigrara para a Itália. Na juventude, gostava da vida social. Mas, depois da Revolução, ao voltar à França, tornou-se padre. Seu amor pelos semelhan-

[2] Um pouco antes da época em que se passa a história, a França vivia sob o governo dos reis (monarcas), que centralizavam o poder e determinavam o destino de seus súditos. Essa sociedade estava dividida em três classes, e era muito difícil alguém mudar sua condição social. A primeira era composta pela Igreja. A segunda, pela aristocracia, também chamada de nobreza, que, apesar de rica, pagava bem menos impostos e vivia dos pagamentos recebidos dos camponeses e do governo. A terceira

classe era constituída pelo maior número de habitantes. Dela faziam parte a burguesia (representada por banqueiros, industriais, advogados, médicos, comerciantes) e também a camada mais pobre da população. A burguesia, apesar de possuir dinheiro, não tinha poder de decisão na vida política e estava revoltada com os privilégios da Igreja e dos aristocratas. Os mais humildes, que viviam na miséria, eram obrigados a pagar impostos. Os gastos do rei e de sua corte superavam em muito o dinheiro recebido com tais impostos. O comércio não ia bem e havia ainda as despesas com as guerras das quais a França participava. Tudo isso resultou na Revolução Francesa, também chamada Revolução Burguesa, que teve início em 1789 e se inspirou num conjunto de ideias contrárias ao poder dos reis e ao domínio religioso, pregando a liberdade, a igualdade e a fraternidade entre todas as pessoas.

tes demonstrava profunda vocação religiosa. Ao ser nomeado bispo da pequena cidade de Digne, espantou a todos quando se recusou a viver no suntuoso palácio episcopal. Ofereceu o palácio ao hospital. Foi morar com a irmã e uma criada fiel na casa acanhada onde antes funcionava o hospital. Era um homem para quem os ensinamentos cristãos de humildade e amor ao próximo não eram palavras ocas, mas normas de conduta que lhe davam, aliás, grande satisfação. Vivia modestamente, destinando grande parte de sua renda aos pobres. De sua família nobre, que a Revolução levara à ruína, sobravam apenas uma concha para sopa, seis talheres de prata e dois castiçais também de prata. Quando havia convidados para o jantar, Monsenhor Benvindo mandava acender os castiçais em cima da lareira. Eram sua única vaidade. Essas preciosidades ficavam guardadas em um armário no quarto do bispo, pois a porta da sala de jantar, que dava para a praça da catedral, não tinha mais fechaduras nem trancas. A qualquer hora do dia ou da noite, quem quisesse entrar só precisava empurrar a porta.

Naquela noite, ao sair do quarto para comer, o bispo ouviu a criada conversando com a irmã dele. O assunto era bastante familiar ao dono da casa. A criada não se conformava com o fato de a porta não ter trinco nem fechadura. Quando fora fazer compras, soubera que um homem mal-encarado tinha chegado à cidade.

— Verdade? — surpreendeu-se o bispo.

A criada continuou, dramaticamente:

— Todos estão com medo de que alguma desgraça aconteça esta noite. Não existem lanternas nas ruas para dar um pouco de luz! A polícia não funciona! Digo e repito, e sua irmã concorda comigo, que...

— Eu não disse nada — interrompeu a irmã do bispo. — O que meu irmão faz está benfeito.

A criada prosseguiu, como se não tivesse ouvido nenhum protesto:

— Nós dizíamos que esta casa não oferece segurança. Se o senhor bispo me permitir, vou chamar o serralheiro para colocar de volta as fechaduras e os ferrolhos. Esta porta, que qualquer um pode abrir, é um perigo! Além disso, o Monsenhor manda entrar qualquer um que bata à porta, mesmo no meio da noite...

Nesse instante, alguém bateu com força.

— Entre — disse o bispo.

A porta se abriu. Entrou um homem. Era o forasteiro que já conhecemos vagando pelas ruas à procura de abrigo. Deu um passo à frente e parou. O saco de viagem nas costas, o cajado na mão. Seu olhar era rude, violento, mas também cansado. Iluminado pelo fogo da lareira, parecia assustador. A criada tremeu. A irmã ficou aterrorizada por um instante, mas depois olhou para seu irmão, o bispo, que permanecia sentado ao lado da lareira, e acalmou-se.

O bispo observava o desconhecido com o semblante tranquilo. Quando abriu a boca para falar, provavelmente para perguntar o que desejava, o homem apoiou-se no cajado com ambas as mãos. Mediu o velho e as duas mulheres com os olhos e, sem esperar pela pergunta do bispo, disse em voz alta:

— Meu nome é Jean Valjean. Cumpri pena como forçado das galés por dezenove anos. Há quatro dias fui libertado. Vou para Pontalier, que é meu destino. Estou caminhando há quatro dias. Cheguei quase ao anoitecer. Fui a uma estalagem, mas não quiseram me hospedar. Quando cheguei, tive de apresentar meu documento na Prefeitura, como é obrigatório. E o estalajadeiro descobriu quem sou. Fui à outra e me expulsaram. Bati até à porta da cadeia e não consegui abrigo. Entrei na casinha de um cão e fugi debaixo de mordidas. Estava deitado em um banco da praça, quando uma senhora me apontou sua casa e disse para eu bater à sua porta. Que é isso aqui? Uma estalagem? Eu tenho dinheiro para pagar. É o dinheiro que ganhei em dezenove anos de trabalhos forçados. Estou exausto e faminto. Posso ficar?

O bispo avisou a criada:

— Ponha mais um talher na mesa.

O homem aproximou-se, surpreso. Insistiu, como se o bispo não tivesse compreendido:

— Entendeu? Eu sou um forçado das galés. Aqui está meu documento de identificação. É amarelo, como o senhor sabe. É por causa dele que me caçam aonde vou, porque diz que cumpri pena. Quer ler? Eu sei ler, senhor. Aprendi quando estava preso. Aqui está, meu documento diz tudo. Veja o que está escrito: "Jean Valjean, prisioneiro, solto após dezenove anos. Cinco anos de pena por roubo. Catorze porque tentou fugir quatro vezes. Este homem é muito perigoso". É isso. Todo mundo me expulsou. O senhor quer me receber? Pode me dar um prato de comida e um lugar para dormir? Pode ser na estrebaria.

— Ponha lençóis limpos na cama de hóspedes — disse o bispo à criada.

A criada obedeceu. Saiu para arrumar a cama. O bispo voltou-se para o homem.

— Senhor, sente-se e aqueça-se. Vamos comer daqui a pouco.

Só então o homem compreendeu. Sua expressão, sombria e dura, foi tomada pela surpresa, dúvida e alegria. Começou a balbuciar, como um louco:

— Verdade? O senhor vai me abrigar? Não me expulsar? Mas sou um ex-presidiário. Um forçado! E me chama de senhor! Eu vou comer! Vou dormir em uma cama com lençóis e cobertas! Há dezenove anos não durmo em uma cama! Os senhores são pessoas dignas. E tenho dinheiro. Eu pago. Pago bem. Senhor estalajadeiro, como se chama? Eu pago o que quiser. O senhor é estalajadeiro, não é?

— Eu sou — disse o bispo — um padre, e moro aqui.

— Um padre? E não quer dinheiro? É o padre daquela igreja lá fora, não é? Pois, sim! Como sou idiota. Ainda não havia reparado nos seus trajes!

Enquanto falava, o homem colocou o cajado e o saco de viagem em um canto e guardou seu documento de identificação. Continuou:

— O senhor padre tem bom coração. Não me tratou com desprezo! Então, não tem necessidade de pagamento?

— Não, guarde seu dinheiro — disse o bispo.

A seguir, o bispo perguntou quanto dinheiro ele tinha. O homem disse a quantia, revelando ser o pagamento por dezenove anos de trabalhos forçados. Era uma quantia espantosamente pequena.

— Dezenove anos! — suspirou o bispo.

O viajante contou que não tinha tocado em seu dinheiro, pois havia realizado um pequeno trabalho ao sair da prisão. O bispo pediu à criada:

— Ponha o prato do convidado no lugar mais próximo da lareira. O vento que vem dos Alpes é gelado, e este senhor deve estar com frio.

Quando ouvia a palavra "senhor", o homem se emocionava.

— Este lampião dá pouca claridade — disse o prelado.

A criada entendeu o que ele queria dizer. Foi buscar os castiçais de prata, que acendeu e pôs sobre a mesa.

51

— Senhor padre — disse o homem —, é muito bom, não me despreza. Além de me receber em sua casa, manda acender seus ricos castiçais de prata por minha causa. Mas eu já disse de onde vim, já falei de minhas desgraças.

O bispo pousou de leve a sua mão na do ex-condenado e comentou:

— Podia ter deixado de dizer quem é. Esta casa não é minha, é de Jesus Cristo. O senhor tem fome e sede. Seja bem-vindo! Não me agradeça. O dono desta casa não sou eu, é todo aquele que precisa de ajuda. Tudo que há aqui é seu. Que necessidade tenho de saber seu nome? Mesmo porque, antes de me dizer, eu já sabia como chamá-lo.

— Verdade? O senhor já sabia meu nome?

— Sim — respondeu o bispo. — Devo chamá-lo de meu irmão.

— Senhor padre, quando cheguei estava morrendo de fome. Mas o senhor é tão bom que já não sei como me sinto. A fome acabou!

O bispo olhou-o nos olhos e continuou:

— Deve ter sofrido muito.

— Oh! O uniforme vermelho. Uma corrente com bola de ferro no pé. No lugar de cama, uma tábua. Frio, trabalho, pancadas! Sempre acorrentado, mesmo doente e de cama. Castigo no calabouço por uma palavra! Os cachorros, senhor, são mais felizes! Dezenove anos. Tenho quarenta e seis! E, agora, esse documento de identificação amarelo, que revela tudo sobre mim!

— Sim! — exclamou o bispo. — O senhor deixou um lugar triste. Mas lembre-se de que o céu se alegra com um pecador arrependido. Se deixou essa vida dolorosa cheio de ódio e raiva, é digno de lástima. Se saiu com pensamentos bons, de paz, vale mais do que qualquer um de nós.

A criada terminou de servir a mesa. Havia sopa de carne de carneiro, figos, queijo e um pão de centeio. Pusera também uma garrafa de vinho. O bispo rezou e serviu a sopa, como de costume. O homem começou a comer, avidamente. De repente, o bispo exclamou:

— Aqui na mesa está faltando alguma coisa!

De fato, a criada pusera apenas três talheres, para o bispo, a irmã e o hóspede. Mas, quando tinha convidados, o bispo gostava de pôr todos os seis talheres de prata na mesa. A criada entendeu do que se tratava. Saiu e trouxe os talheres de prata. Enquanto o homem comia, o bispo evitou sermões. Nem perguntou sobre sua vida. Percebeu o quanto ele sofria de corpo e espírito. Preferiu tratá-lo como uma pessoa normal para deixá-lo confortável. Falou sobre a região de Pontalier, para onde ele se dirigia.

— É um excelente lugar — comentou. — Existem fábricas de papel, de aço, de relógio, curtumes... e também se fabrica muito queijo!

Quando a refeição terminou, a criada tirou a mesa. O bispo disse ao viajante:

— Deve ir dormir, pois está cansado.

O bispo deu boa-noite à irmã e à criada, pegou um castiçal de prata e ofereceu o outro a seu hóspede.

— Venha para seu quarto.

A casa era dividida de tal maneira que, para entrar no pequeno quarto de hóspedes, era preciso atravessar o do bispo. Quando passaram, a criada guardava os talheres de prata no armário junto à cabeceira da cama do prelado. O bispo levou seu hóspede ao quarto, onde havia uma cama com roupa branca e limpa. Apoiou o castiçal em uma mesinha.

— Tenha uma boa-noite. Amanhã, não vá embora sem primeiro tomar uma xícara de leite quente.

O homem teve uma reação inesperada, que gelaria de susto outra pessoa que não o bispo. Virou-se para o velho, cruzou os braços e disse, com voz estranha:

— Como pode me oferecer um quarto tão perto do seu? E se eu for um assassino?

O bispo respondeu:

— Deus é quem sabe!

Ergueu a mão e abençoou o forasteiro. Jean Valjean foi se deitar. O ex-condenado apagou a vela com um sopro das narinas, como era costume entre os forçados. Caiu na cama e dormiu. O bispo foi passear um pouco no jardim. Depois deitou-se. Logo, reinava um grande silêncio na casa.

3
O ROUBO

Durante a madrugada, Jean Valjean acordou.

O ex-condenado pertencia a uma pobre família camponesa. Quando criança, não aprendeu a ler. Ao crescer, tornou-se podador de árvores. Órfão de pai e mãe, foi criado por uma irmã mais velha, casada e com sete filhos. Quando tinha vinte e cinco anos, a irmã enviuvou. O filho mais velho tinha oito anos, o mais novo, um. Jean Valjean tornou-se o arrimo da família. Passou a sustentar a irmã e os sobrinhos com trabalhos grosseiros e mal remunerados. Nunca namorou, nem nunca se soube que estivesse apaixonado. Vivia para a família. Falava pouco, tinha o semblante pensativo. Quando comia, muitas vezes a irmã tirava o melhor pedaço de seu prato para dar a uma das crianças, e ele sempre permitia. Mas seu trabalho e o da irmã eram insuficientes para sustentar uma família tão grande. A miséria aumentou. Certo ano, em um inverno rigoroso, Jean Valjean não encontrou trabalho. A família ficou sem pão. Sem pão. Exatamente como está escrito. Sete crianças.

Em uma noite de domingo, o padeiro da aldeia ouviu uma pancada na vidraça gradeada. Correu. Chegou a tempo de ver um braço passando por uma abertura feita por um murro na vidraça. O braço pegou um pão. O padeiro perseguiu o ladrão, que tentava fugir. Era Jean Valjean.

Isso aconteceu em 1795.

Por esse crime, foi condenado a cinco anos nas galés. Explica-se: as galés eram barcos movidos a remo. Os grupos de remadores, acorrentados, eram constituídos por prisioneiros condenados. Havia um soldo miserável para cada um deles, guardado até a libertação. Era um trabalho exaustivo, feito somente por condenados. Jean Valjean recebeu grilhões nos pés. Foi acorrentado. Deixou de ter um nome, passou a ser um número: 24 601. E sua irmã? E as crianças? Pergunte a um vendaval onde arremessou as folhas secas. Sem ninguém por eles, partiram ao acaso. Abandonaram a terra onde nasceram. Foram esquecidos. Com o tempo, até Jean Valjean os esqueceu. Uma vez apenas, no quarto ano de sua pena, ouviu notícias de sua irmã por alguém que os conhecera. Vivia em Paris com apenas um dos filhos, o menino mais novo. Dos outros, nada se sabia. A irmã trabalhava todos os dias como operária. Deixava o filho em uma escola. Mas, como esta só abria mais tarde, o menino ficava esperando no frio. Essa notícia foi como um relâmpago, como uma janela aberta sobre o destino de quem ele amava. Uma janela que se fechou e não se abriu novamente, porque Jean Valjean nunca mais os encontrou, nem soube deles, por mais que os procurasse mais tarde.

No final do quarto ano de condenação, Jean Valjean tentou fugir. Ficou livre dois dias, até ser capturado. Foi condenado a mais três anos. Quando cumpriu seis, tentou outra vez, mas não conseguiu fugir. Resistiu aos guardas que o encontraram em seu esconderijo e ganhou mais cinco anos, com castigos. No décimo ano e no décimo terceiro, quis fugir outras vezes, e sua pena aumentou mais ainda. Até cumprir dezenove anos. Por tentar roubar um pão.

Durante a prisão, o inofensivo podador de árvores tornou-se um homem temível. Tinha ódio da lei e da sociedade. Por consequência, de toda a humanidade. De ano para ano, sua alma foi se tornando amarga. Desde que fora preso, havia dezenove anos, Jean Valjean não soltava uma lágrima.

Quando foi posto em liberdade, acreditou que podia ter uma nova vida. Mas recebeu uma quantia miserável pelos dezenove anos de trabalhos forçados. Seu documento de identificação dizia se tratar de um homem perigoso. Logo arrumou um trabalho para descarregar fardos, pois era muito forte. Ao receber, ganhou menos do que os outros por ser um ex-condenado. Sentia-se escorraçado.

Assim, ao acordar de madrugada, na casa do bispo, começou a pensar nos talheres e na concha de prata. Seu valor era maior do que tudo que ganhara pelos dezenove anos! Finalmente, decidiu-se. Tirou uma barra de ferro do saco de viagem para arrombar o armário. Pôs os sapatos nos bolsos, o saco de viagem nas costas. Entrou no quarto vizinho. A porta estava encostada. Ao abrir, rangeu. Parou um instante. Seu coração batia com força. E se o bispo acordasse, desse o alarme? A polícia viria. Seria condenado outra vez. Andou cauteloso até o armário. Ergueu a barra de ferro, mas não foi preciso usá-la. A chave estava na fechadura. Abriu. Pegou os talheres. Voltou a seu quarto sem se preocupar com o barulho. Colocou-os no saco de viagem. Pegou seu cajado, pulou a janela. Atravessou o jardim e fugiu.

De manhã, o bispo passeava pelo jardim quando a criada veio correndo, transtornada.

— Monsenhor, onde está o cesto em que guardo os talheres de prata?

O bispo estendeu o braço para um canteiro de flores. Pegou o cesto.

— Aqui está.

— E os talheres?

— Dos talheres, não sei.

— Meu Deus! A prataria!

A criada correu ao quarto, verificou o armário. Voltou apressadamente:

— O homem foi embora. Roubou e fugiu!

O bispo ficou silencioso. Por fim, refletiu:

— Aquela prataria não nos pertencia. Mas aos pobres. Esse homem era um pobre!

— Com o que vamos comer agora?

— Com talheres comuns. De madeira.

Mais tarde, o bispo almoçava com sua irmã. A criada resmungava:

— Foi uma má ideia abrigar aquele homem! Ainda bem que se contentou em só nos roubar! Podia ter sido pior!

Quando estava terminando, bateram à porta.

— Entre — disse o bispo.

Três policiais estavam no limiar. Entre eles, amarrado, Jean Valjean.

— Monsenhor bispo — disse o que comandava o grupo.

— Bispo? — surpreendeu-se o preso. — Pensei que era o padre!

— Silêncio! É o senhor bispo! — bradou um policial.

Monsenhor Benvindo aproximou-se e exclamou, com os olhos em Jean Valjean:

— Ah! Voltou! Estimo vê-lo. Mas agora me lembro. Também lhe dei os castiçais de prata, como o resto. Por que não os levou, juntamente com os talheres?

Jean Valjean abriu os olhos, espantado. Encarou o bispo com uma expressão indescritível.

— O senhor deu os talheres a esse homem, Monsenhor? — perguntou um policial. — Nós o vimos com ar de quem foge e o prendemos para averiguar. Estava com essa prataria...

— E disse que ganhou de um pobre padre, na casa de quem passou a noite? É verdade. Por que está preso? É um engano.

Os policiais soltaram Jean Valjean.

— Estou livre, realmente? — perguntou, como se não acreditasse.

— Está solto, não ouviu? — disse um dos policiais.

— Meu amigo, antes de ir embora, pegue os castiçais.

O bispo foi até a lareira. Pegou os dois castiçais de prata. Deu-os a Jean Valjean. A irmã e a criada olhavam para ele em silêncio. Jean Valjean tremia. Pegou os dois castiçais, com ar desvairado. O bispo disse aos policiais:

— Podem ir, senhores.

Aproximou-se de Jean Valjean:

— Não se esqueça, não se esqueça nunca de que prometeu usar esse dinheiro para se tornar um homem honesto.

Jean Valjean, que não se lembrava de ter feito essa promessa, ficou sem resposta. O bispo continuou, solenemente:

— Jean Valjean, meu irmão, lembre-se de que já não pertence ao mal, mas sim ao bem. É sua alma que acabo de comprar. Eu a furto dos maus pensamentos e do espírito da perdição para entregá-la a Deus.

4
A MOEDA DE PRATA

Jean Valjean deixou a cidade como quem foge. Seguia a esmo pelos caminhos, sem perceber que dava voltas e acabava nos mesmos lugares por onde já havia passado. Tinha sensações desconhecidas. Raiva, mas não sabia contra quem. Seria impossível dizer se era arrependimento ou humilhação. Às vezes, sentia uma espécie de ternura. Mas em seguida a repelia, devido ao endurecimento dos últimos anos. Assustava-se com seus sentimentos. Pensamentos passavam por sua cabeça. Quando entardeceu, estava sentado atrás de uma moita, na planície, absolutamente deserta naquela hora. A poucos passos, havia uma trilha.

De repente, ouviu um ruído de alegria. Virou a cabeça. Pela trilha vinha um menino de uns dez anos, vestido com uma calça velha, rasgada nos joelhos. Era um garoto da Saboia. Na época, esses meninos costumavam ir de aldeia em aldeia, fazendo pequenos trabalhos. O garoto cantava e brincava com algumas moedas que trazia nas mãos. Era, possivelmente, toda a sua fortuna. Entre elas, havia uma moeda de prata, mais valiosa. Foi justamente essa que caiu no chão. Rolou até Jean Valjean. Ele pôs o pé em cima. O garoto foi até ele.

— Senhor, minha moeda! — pediu.

— Qual o seu nome?

— Gervais, senhor.

— Vá embora! — ordenou Jean Valjean.

— Senhor, devolva meu dinheiro — insistiu o garoto.

Jean Valjean olhou para o chão. O garoto o agarrou, tentando fazer com que tirasse o sapato de cima da moeda. Começou a chorar.

— Levante o pé! Por favor! Minha moeda!

— Ah, ainda está aí? Fuja para se salvar!

Assustado, o garoto começou a tremer. Depois, saiu correndo sem dar um grito. De longe, Jean Valjean ouviu-o soluçar.

A noite caiu. Jean Valjean não comera nada o dia todo. Pensava, com o olhar fixo no chão. Estremeceu com a brisa noturna.

Levantou-se, pegou o cajado. Nesse instante, viu a moeda, quase enterrada no chão. Teve um choque.

— O que é isso?

Era como se a moeda fosse um olho aberto, que o fixava. Depois de alguns minutos, pegou-a. Olhou para longe. Não viu ninguém. Andou depressa, na direção para onde fora o garoto. Gritou, com todas as forças:

— Gervais, Gervais!

Ninguém respondeu. Esperou. Começou a correr, com a moeda na mão, à procura do menino. Se ele tivesse ouvido, apareceria. Sem dúvida, já estava longe.

— Menino! Gervais! — Jean Valjean gritava.

Correu para uma encruzilhada, já iluminada pelo luar. Um padre passava a cavalo.

— Viu um menino chamado Gervais?

— Não — respondeu o padre.

Jean Valjean deu algumas moedas ao padre.

— Para os seus pobres. — Em seguida pediu, alucinado: — Prenda-me. Sou ladrão!

Amedrontado, o padre esporeou o cavalo e fugiu.

Jean Valjean continuou a correr à procura do garoto. Até que ficou sem voz, de tanto gritar na planície solitária. Caiu no chão, com as mãos enfiadas nos cabelos e a cara escondida nos joelhos. Exclamou:

— Sou um miserável!

Seu coração endurecido sucumbiu à força da emoção. Chorou. Pela primeira vez em dezenove anos, chorou!

Jean Valjean já não era mais o mesmo homem. O perdão concedido pelo bispo o ofuscava. Roubara a moeda do garoto em um impulso, por hábito, por instinto. Mas, quando Jean Valjean tomou consciência de seu ato, veio a angústia. Ao gritar "Sou um miserável", ele se viu como realmente era. Teve horror de si mesmo. Comparou o bispo a si próprio. A figura do bispo resplandeceu e encheu sua alma. Durante muito tempo, chorou.

O que fez depois de chorar? Não se sabe ao certo. Mas um rapaz que levava a mala do correio para Digne e que chegou à cidade às três da manhã, ao atravessar a praça da catedral, viu diante da porta de Monsenhor Benvindo um homem ajoelhado, rezando durante a madrugada.

Segunda parte

O PREFEITO

5
COSETTE

Dois anos se passaram. Em 1817, o rei Luís XVIII da França comemorou os vinte e dois anos de seu título. Napoleão[3] estava exilado na ilha de Santa Helena. A lembrança da Revolução e das guerras napoleônicas ainda dividia os franceses. Alguns ainda acreditavam na Revolução, na qual o rei Luís XVI fora destronado e morto na guilhotina, assim como sua esposa, Maria Antonieta, e foi criada a República. Com o fim da Revolução, outros acusavam os republicanos de "regicidas". Boa parte

[3] Napoleão Bonaparte era um jovem militar que teve grande destaque durante a Revolução Francesa. Em 1799, com o apoio da burguesia, Napoleão tomou o poder. Um de seus objetivos era conter os ânimos das camadas populares, garantindo as conquistas burguesas, além de expandir o território francês. O período que se seguiu ao fim da Revolução foi marcado por muitas conquistas militares e pela expansão das

ideias revolucionárias francesas para o restante do mundo. Em 1804, Napoleão foi coroado imperador. Sob seu comando, em 1812, a França dominava quase toda a Europa ocidental. Em 1814, porém, um exército formado por Inglaterra, Áustria, Rússia e Prússia invadiu Paris, a capital francesa. Napoleão foi exilado, e o trono da França foi entregue a Luís XVIII.

das pessoas concordava que a era das revoluções tinha acabado. Mas ainda havia muitos republicanos, como veremos mais tarde.

Vivia em Paris, nessa época, uma jovem costureira chamada Fantine. Era alegre e gostava de rir. Ao fazê-lo, mostrava seus magníficos dentes. Tinha longos cabelos loiros. Lábios rosados. Enfim, era linda. Teve um namorado. Mas ele a abandonou. Para o rapaz, Fantine foi só uma aventura. Para ela, foi seu primeiro amor. A ele se entregou completamente. Do romance, nasceu uma menina: Cosette.

Abandonada, por algum tempo Fantine tentou sobreviver das costuras. Mas, durante o romance, abandonara seus fregueses. Não conseguiu recuperá-los. Percebeu que estava prestes a cair na miséria. Decidiu voltar à sua cidade natal, chamada Montreuil-sur-Mer, onde talvez ainda encontrasse algum conhecido e um trabalho. Vendeu tudo o que tinha. Pagou suas pequenas dívidas. Já tinha perdido a vaidade. Vestia-se simplesmente. Usou os vestidos de seda e as fitas de renda que ainda possuía para fazer roupas para a filha, a quem amava.

Partiu a pé, com a menina. Às vezes, cansada, sofria pequenos acessos de tosse. Tinha uma preocupação. Como chegar à sua cidade natal com a menina sem ser casada? Como explicar que tinha uma filha?

Havia nessa época, nas imediações de Paris, em um lugarejo chamado Montfermeil, uma taverna. Pertencia ao casal Thénardier. Sobre a porta estava uma tabuleta com uma pintura. Era o desenho de um homem carregando outro nas costas. Embaixo, uma inscrição: "Ao sargento de Waterloo[4]". Representava uma cena da famosa batalha em que Napoleão foi derrotado. Certo dia, na frente da estalagem, brincavam duas meninas, filhas dos donos. Uma, com pouco menos de três anos. Outra, com dezoito

[4] Em março de 1815, Napoleão retornou à vida política francesa, prometendo mudanças. Acabou conseguindo o apoio da população e voltou ao governo. Mas formou-se uma nova coligação internacional contra a França, e Napoleão foi derrotado em junho de 1815, na Batalha de Waterloo, na Bélgica.

meses. A alguns passos de distância, sentada à porta da estalagem, estava a mãe. Tinha uma aparência pouco simpática. Mas parecia enternecedora ao cantar para as filhas.

Justamente nesse momento, Fantine passava por lá. Carregava a filhinha e uma bolsa de viagem, aparentemente pesada. A menina tinha três anos. Era corada e parecia ter boa saúde. Dormia. Fantine parou, observando as meninas brincarem.

— A senhora tem lindas crianças!

A mãe agradeceu. Convidou Fantine para sentar-se junto a ela. Conversaram. A viajante contou sua história, um pouco modificada. Disse que era operária e que seu marido falecera. Ia procurar trabalho em sua terra natal. Contou como a viagem era cansativa com uma criança que mal conseguia andar. Nesse instante, Cosette acordou. Mostrou a língua para as outras. Dali a pouco, as três estavam brincando.

— Crianças fazem amizade com tanta facilidade! Até parecem três irmãs! — disse a senhora Thénardier.

A frase foi como uma faísca. Fantine pegou na mão da mulher e propôs:

— Quer ficar com a menina?

A senhora Thénardier fez um gesto de surpresa. Fantine continuou:

— Será difícil encontrar trabalho com uma filha. Ao ver a senhora, com as suas meninas, tive uma inspiração. Não será por muito tempo. Eu pago, se cuidar dela.

Uma voz de homem gritou lá de dentro. Exigiu seis meses adiantados e mais uma quantia para as primeiras despesas.

Era quase tudo o que Fantine possuía, mas ela aceitou.

— Assim que ganhar dinheiro, volto para buscar minha querida!

Dormiu na estalagem. Deixou todo o enxoval da filha. Partiu de manhã, angustiada pela separação. Chorava. O senhor Thénardier cumprimentou a mulher:

— O dinheiro é exatamente o que me faltava para pagar uma dívida! Boa armadilha você armou com as meninas brincando!

— E foi sem querer! — concluiu a mulher.

Quem era, afinal, esse casal Thénardier?

A mulher tinha algo de selvagem. O marido, de velhaco. Tinha sido soldado. Pintara, ele mesmo, a tabuleta da porta, que fazia referência à Batalha de Waterloo, onde Napoleão perdera a guerra. Tinham duas filhas, como já sabemos. A mais velha chamava-se Éponine. A mais nova, Azelma.

A taverna não dava lucro. No mês seguinte, Thénardier empenhou o enxoval de Cosette. Passou a vesti-la com roupas velhas, deixadas pelas filhas. Para comer, davam-lhe as sobras dos pratos. Comida um pouco melhor que a do cão e pouco pior que a do gato. Aliás, era com eles que Cosette comia, embaixo da mesa, em uma tigela de madeira. Sua mãe, Fantine, não sabia escrever. Mas mandava cartas, escritas por outras pessoas, pedindo notícias da filha. Os Thénardier sempre respondiam que estava bem.

Logo exigiram aumento da mensalidade. Fantine, acreditando ser a filha bem tratada, aceitou. Mas a senhora Thénardier detestava Cosette. Não cansava de acariciar as filhas. Para a menina, eram só pancadas. A troco de nada, Cosette recebia violentos castigos. Mais uma vez, os Thénardier aumentaram a mensalidade. Ao mesmo tempo, à medida que Cosette crescia, era transformada na criada da casa. Obrigavam a menina a fazer compras, varrer os quartos, o pátio e a rua, e até a carregar fardos. O casal Thénardier sentia-se no seu direito. Principalmente porque a mãe começou a atrasar os pagamentos.

Se a mãe tivesse voltado, não teria reconhecido sua filha. Antes era corada e bonita. A miséria a tornou feia. Só restavam seus belos olhos, enormes no rosto magro. Doía o coração ver a menina, que ainda não tinha seis anos, vestida com farrapos, varrendo a rua ao amanhecer. As mãos roxas de frio. Uma lágrima nos olhos.

O povo a apelidou de Cotovia.

Mas a pobre Cotovia nunca cantava.

6
A FÁBRICA

Após ter deixado sua filha com o casal Thénardier, Fantine seguira viagem até Montreuil-sur-Mer. Partira de sua terra natal havia dez anos. Ao voltar, encontrou-a em franco progresso. A principal atividade industrial da cidade era fabricar o azeviche inglês e uma imitação dos vidrilhos pretos da Alemanha. Vinha em decadência por causa do alto preço das matérias-primas. Mas, alguns anos antes, um desconhecido chegara à cidade. Tornou lucrativa a fabricação de ambos os artigos, introduzindo a resina na fabricação, no lugar da goma-laca, e a solda nos braceletes e nas pulseiras. Embora a aparência dos produtos tivesse sofrido pouca mudança, o preço de fabricação caíra bastante. As vendas aumentaram e, com isso, também subiram os salários e os lucros. Em menos de três anos, o inventor tornou-se rico. A cidade prosperou novamente.

Pouco se sabia sobre ele. Contava-se que chegara com pouco dinheiro no bolso, não se sabia de onde. Seus trajes e o modo de falar eram de um simples operário. No dia de sua chegada, houvera um incêndio na Prefeitura. Arriscando a própria vida, o homem salvou duas crianças no meio das chamas. Eram os filhos do chefe de polícia. Devido a esse ato de heroísmo, ninguém fez questão de ver sua identificação. Só depois souberam que se chamava Madeleine.

Tinha cerca de cinquenta anos, ar preocupado e boa índole. Seus lucros cresceram tanto que, no segundo ano após sua chegada, fundou uma grande fábrica. Com ele, a cidade prosperou. Só era intolerante em um aspecto. Exigia honestidade e pureza de costumes de todos os funcionários. Dizia sempre:

— Seja um homem honesto! Seja uma moça honesta!

Não se preocupava nem com sua riqueza nem com seu conforto. Sabia-se que tinha uma fortuna estimada em seiscentos e trinta mil francos, depositados com um banqueiro. Mas já tinha gasto mais de um milhão para ajudar os pobres e a cidade. Equipou o hospital. Fundou escolas e um asilo. Criou um fundo para auxiliar velhos e doentes e uma farmácia gratuita. Praticava caridade às escondidas, muitas vezes deixando uma moeda de ouro na casa dos pobres sem se identificar. Em 1819, o rei o nomeou prefeito da cidade. Mas ele não aceitou. Mais tarde, quando seus produtos fizeram sucesso em uma exposição industrial, o rei quis lhe oferecer a medalha de Cavaleiro da Legião de Honra. Novamente, recusou. Finalmente, foi nomeado prefeito outra vez. Houve muita insistência para que aceitasse, e não pôde recusar novamente.

Continuou simples com sempre. Vivia solitário. Às vezes passeava pelo campo com uma espingarda para caçar. Nunca atingia um animal inofensivo. Mas, se atirava, demonstrava pontaria infalível. Não se conheciam amigos ou parentes desse homem. Mas, quando, em 1821, os jornais noticiaram a morte do bispo de Digne, aos 82 anos, o senhor Madeleine pôs luto. Imaginou-se que tinha algum parentesco com o santo bispo. Sempre que via, também, um menino da Saboia procurando chaminés para limpar, perguntava seu nome e lhe dava algum dinheiro. No início, não faltaram comentários e calúnias sobre o passado desse homem. Mais tarde, conquistou o respeito da população.

Mas, às vezes, ao caminhar por uma rua, percebia estar sendo observado. Virava-se e via um homem alto, de casacão, chapéu na cabeça e uma bengala nas mãos. Este acompanhava o senhor Madeleine com o olhar, pensando:

"Já vi esse homem em algum lugar! A mim, ele não engana!"

Era o inspetor de polícia Javert. Tinha nariz achatado, lábios finos. Quando ria, o que era raro, parecia um tigre. Tinha um apego estrito à lei. Mostrava-se implacável no seu dever de policial. Seria capaz de denunciar o próprio pai ou a mãe. Já dera a entender a conhecidos que investigara o passado do senhor Madeleine. Nunca encontrara nenhuma pista para saber de onde viera ou o que fizera até chegar à cidade. O senhor Madeleine percebia seu olhar fixo, mas não se importava. Só uma vez pareceu se impressionar.

Certa manhã, o senhor Madeleine passava por uma viela. Ouviu um barulho. Caminhou até um grupo de gente, que cercava um velho caído embaixo das rodas de sua carroça carregada. O cavalo, também caído, tinha as patas quebradas. O carroceiro era um velho chamado Fauchelevent. Estava espremido entre as duas rodas, quase sem poder respirar. Impossível tirá-lo de lá. Para livrar o velho da morte, só levantando a carroça. Tinha chovido na véspera. No chão sem calçamento, a carroça afundava sobre o peito do velho. Em pouco, estaria morto. O senhor Madeleine ofereceu:

— Ouçam! Embaixo da carroça ainda há espaço para um homem se agachar e erguê-la com as costas. Se alguém fizer isso, dou dez moedas de ouro!

Ninguém se moveu.

— Não é falta de boa vontade — disse Javert. — É falta de força.

Em seguida, Javert continuou, sem tirar os olhos de Madeleine:

— Até hoje, só conheci um homem capaz de fazer isso. Era um forçado das galés.

— A carroça está me esmagando — gritou o velho Fauchelevent.

Madeleine encarou Javert. Sorriu, triste. Em seguida entrou embaixo da carroça. Apoiou os ombros. Fez um esforço brutal. Para espanto de todos, levantou a carroça o suficiente para libertar o velho. Todos correram a ajudar.

O velho agradeceu-lhe de joelhos. Madeleine suava, rasgara a roupa e estava sujo de lama. Javert o encarava fixamente.

Fauchelevent foi para o hospital. No dia seguinte, recebeu algum dinheiro e um recado de Madeleine: "Compro sua carroça e o cavalo". O velho sabia que a carroça estava inutilizada. O cavalo morrera. O carroceiro ficou coxo de uma perna. Ainda graças à influência de Madeleine, conseguiu o cargo de jardineiro em um convento de Paris.

Foi pouco depois desse fato que Madeleine aceitou tornar-se prefeito. Javert ficou ainda mais agitado, como um cachorro que fareja um lobo vestido com as roupas de seu dono. O inspetor de polícia passou a evitar Madeleine e só falava com ele quando o trabalho exigia.

7
A QUEDA

Tal era a situação da cidade quando Fantine regressou. Não tinha mais conhecidos. Mas encontrou um emprego na fábrica. Passou a viver do seu trabalho e, novamente, teve esperanças. Alugou um quartinho e fez dívidas para mobiliá-lo. Comprou um espelho, voltou a sentir orgulho de seus belos cabelos e dentes. Pensava na filha, Cosette, e sonhava com um futuro melhor. Por não ser casada, não tinha coragem de contar a ninguém sobre sua filhinha. Entretanto, logo começaram os mexericos. As colegas da fábrica falavam dela com hostilidade. Como não sabia escrever, Fantine pagava para um senhor redigir suas cartas aos Thénardier pedindo notícias de Cosette. Uma vizinha conseguiu o endereço. Viajou para saber a verdade.

— Vi a filha de Fantine! — contou para todos.

A superintendente da fábrica chamou Fantine e a demitiu. Deu uma pequena indenização em nome do senhor Madeleine, pois ele exigia moral das funcionárias.

Fantine ficou desesperada. Isso aconteceu justamente quando os Thénardier pediram novo aumento da mensalidade. Além disso, devia dois meses de aluguel e não terminara de pagar os móveis. É claro que o senhor Madeleine nada sabia da história. Mas Fantine, humilhada, preferiu não procurá-lo. Bateu de porta em porta, em busca de trabalho. Quando seu dinheiro já estava no fim, conseguiu camisas dos soldados para costurar. A maior parte do que ganhava enviava para os Thénardier. Um dia, recebeu uma carta. O inverno se aproximava e Cosette não tinha roupas de frio. Exigiam mais dinheiro. Desesperada, Fantine amarrotava a carta nas mãos. À noite, foi até um barbeiro que morava na esquina. Desatou seus lindos cabelos loiros.

— Quanto me paga por eles?

O barbeiro ofereceu justamente uma boa quantia, porque podia usá-los para fazer perucas. Fantine vendeu os cabelos. Comprou roupas de inverno e mandou-as aos Thénardier. Ficaram furiosos, pois queriam o dinheiro. Distribuíram as roupas entre suas filhas, e a pequena Cotovia continuou passando frio. Fantine, porém, se conformava, pensando:

"Minha filhinha não tem frio. Eu a vesti com meus cabelos!"

Um dia, recebeu nova carta dos Thénardier. Segundo dizia, Cosette estava muito doente. Precisavam de mais dinheiro para os remédios. Fantine passou o dia descontrolada, rindo. Mas sempre pensando na carta. Saiu à rua. Na praça, havia uma carruagem extravagante. Em cima dela, um dentista vendia dentaduras completas, pós-dentifrícios e remédios para tirar a dor. Fantine parou para ouvir, rindo com o discurso do homem. A certa altura, ele observou Fantine e exclamou:

— A moça tem lindos dentes. Pago duas moedas de ouro pelos dois da frente!

Fantine fugiu correndo, tapando os ouvidos. O homem gritou:

— Pense bem. Se decidir, vá à estalagem me procurar. São duas moedas de ouro — o homem gritou.

Em casa, Fantine continuou a sentir-se horrorizada com a proposta. Depois, voltou a ler a carta, pedindo dinheiro. À noite, quando uma vizinha a visitou, Fantine estava sentada diante da vela, em silêncio.

— Minha filha não vai morrer sem socorro!

Mostrou duas moedas de ouro.

— Onde arrumou essas moedas? — perguntou a velha, surpresa.

Fantine virou o rosto. Sorriu. Na luz trêmula da vela, via-se um buraco negro na boca. Tinha vendido os dentes.

Enviou o dinheiro. Era uma nova mentira dos Thénardier. Cosette não estava doente. Fantine jogou fora o espelho, pois não queria mais se ver. Perdeu os móveis. Perdeu a vaidade. Andava com roupas remendadas. Às vezes passava a noite chorando, com tosse. Sentia uma dor no ombro. Quando pensava, odiava o senhor Madeleine, tão virtuoso, por culpa de quem julgava ter perdido o emprego. Tinha dívidas.

Recebeu uma nova carta, os Thénardier exigiam uma quantia mais alta ainda. Ameaçavam pôr Cosette na rua, onde sem dúvida morreria no frio.

— Mas onde vou arrumar tanto dinheiro? — desesperou-se Fantine.

E decidiu vender o que restava de si mesma. Tornou-se prostituta.

8
BRIGA NA RUA

Oito ou dez meses depois, em uma noite em que o calçamento estava coberto de neve, um boêmio se divertia na rua. Atormentava uma mulher que andava, de vestido decotado e com flores na cabeça, diante do café dos oficiais.

— Que mulher feia! Desdentada! — dizia.

A mulher caminhava pela neve, debaixo da zombaria. Ele pegou um punhado de neve. Rindo, jogou nos ombros nus da moça. Ela rugiu. Saltou. Cravou as unhas no seu rosto. Xingava com uma voz rouca, que saía de uma boca à qual faltavam os dois dentes da frente. Era Fantine.

Foram cercados por curiosos, enquanto a mulher esmurrava o homem. Subitamente, o inspetor Javert aproximou-se. Prendeu a mulher. O agressor fugiu. Foram à delegacia. Fantine encolheu-se em um canto, como um cão medroso. Javert ordenou a um policial:

— Leve-a para a cadeia. Será presa por seis meses.

— Seis meses! Eu tenho uma filha, senhor. E devo dinheiro aos Thénardier! Tenha piedade!

Minutos antes, entrara um homem sem ninguém notar. Quando Fantine ia ser levada, ele aproximou-se.

— Um instante!

Javert reconheceu o senhor Madeleine.

— Desculpe, senhor prefeito.

Ao ouvir esse nome, Fantine enfureceu-se. Para ela, o prefeito era o culpado de toda sua miséria. Foi até ele e cuspiu-lhe no rosto. Madeleine não reagiu. Disse apenas:

— Essa mulher está livre.

Mas a raiva acumulada durante todo aquele tempo fazia Fantine gritar:

— Esse homem é um monstro. Por causa dele fui expulsa do meu emprego!

— Quanto deve aos Thénardier? — perguntou Madeleine.

— Não tem nada com isso!

Sem entender o que acontecia, Fantine foi para a porta.

— O prefeito me libertou. Quero passar!

Javert impediu.

— Essa mulher quer fugir. Quem mandou soltá-la?

— Eu — disse Madeleine.

— Essa mulher agrediu um rapaz decente — insistiu.

— Foi ele quem a insultou. Ele é que devia ter sido preso.

— Mas ela insultou o senhor, na minha frente.

— O ofendido fui eu, e não quero dar queixa. A maior justiça é a feita pela consciência!

Mais uma vez, Javert quis insistir na prisão de Fantine.

— A lei diz que ela merece seis meses de prisão!

Madeleine reagiu. Na época, o prefeito tinha poder sobre o inspetor.

— Essa mulher está livre, de acordo com o artigo 81 da lei de 13 de dezembro de 1799, sobre detenção arbitrária. Obedeça-me!

Javert recebeu a ordem como um soldado diante de um general. Madeleine disse a Fantine:

— Não sou responsável diretamente por sua demissão da fábrica. Pagarei suas dívidas e mandarei buscar sua filha.

Emocionada com essa prova de compaixão, Fantine caiu de joelhos. Beijou as mãos de Madeleine. Desmaiou. Ele a mandou para o hospital. Fantine ardia em febre. Delirava. O punhado de neve nas costas naquela noite fria desencadeara a doença. O senhor Madeleine informou-se sobre a vida da moça. Escreveu aos Thénardier enviando uma quantia muito maior do que Fantine lhes devia. Pedia que enviassem Cosette o mais depressa possível. O senhor Thénardier resolveu explorar ainda mais a situação. Inventou novas despesas. Madeleine pagou, aceitando a nova extorsão. Mas exigiu que Cosette viesse para perto da mãe.

— Não vamos largar essa mina de ouro! — comentou Thénardier com a mulher.

Fantine piorava. O prefeito decidiu buscar Cosette. Pediu para a moça assinar um bilhete, que guardou com ele:

"Senhor Thénardier,

Entregue Cosette ao portador. Todas as despesas serão pagas. Eu o saúdo com consideração.

Fantine"

Nesse espaço de tempo, ocorreu um fato importante, que mudou o rumo da vida de nossas personagens.

Terceira parte

A PERSEGUIÇÃO

9
O ACUSADO

Certa manhã, o senhor Madeleine estava em seu gabinete da Prefeitura colocando em ordem alguns assuntos urgentes. Vieram avisar que o inspetor Javert queria lhe falar com urgência. Madeleine teve ume sensação desagradável. Recebeu Javert com frieza. Em tom respeitoso, Javert pediu para ser exonerado do cargo de inspetor. Madeleine surpreendeu-se.

— Qual o motivo?

— Mereço ser punido. Eu denunciei uma autoridade.

— Quem?

— O senhor.

— Não entendo.

Javert explicou:

— Há seis semanas, depois que o senhor me obrigou a libertar aquela mulher, eu o denunciei à chefatura de polícia em Paris. Como antigo forçado.

O prefeito empalideceu. Javert continuou:

— Eu suspeitava do senhor havia muito tempo. A semelhança física. A sua força, demonstrada quando ergueu a carroça para salvar Fauchelevent. A pontaria certeira. O jeito que tem de arrastar a perna... achei que fosse um tal Jean Valjean.

— Um tal... como disse que se chamava?

— Jean Valjean. É um forçado que conheci nas galés, há vinte anos, quando eu era ajudante de carcereiro na prisão. Sabe-se que esse homem, ao ser libertado, roubou um bispo. E depois um menino na estrada. Há oito anos é procurado. Suspeitei que fosse o senhor e fiz a denúncia.

Madeleine aparentava indiferença.

— Que responderam?

— Que eu estou doido. O verdadeiro Jean Valjean foi encontrado.

Levantando a cabeça, Madeleine olhou fixamente para Javert. Este contou o que soubera: um pobre homem, chamado Champmathieu, fora pego com um ramo de macieira roubado. Foi para a prisão, onde foi reconhecido por um antigo forçado como o verdadeiro Jean Valjean. Fizeram averiguações. Concluíram que o homem mudara de nome para se disfarçar. Outros dois antigos forçados fizeram a identificação positiva. Embora negasse com todas as forças, Champmathieu era, sem dúvida, Jean Valjean.

— Eu mesmo fui vê-lo. Reconheci o homem. É Jean Valjean! — concluiu Javert.

— Tem certeza? — perguntou Madeleine, com voz baixa.

— É claro. Eu não sei como pude suspeitar do senhor. Peço desculpas.

— E o homem?

— O caso é grave. Se ele é mesmo Jean Valjean, e não há dúvidas de que é, trata-se de um reincidente. E, como tal, sua pena será a prisão perpétua nas galés. O homem insiste em dizer que se chama Champmathieu. Mas as provas são muito fortes. Eu mesmo serei testemunha no julgamento em Arras. Ele não se salvará.

— Quanto tempo durará o processo?

— Um dia, no máximo. A sentença será proferida amanhã à noite.

Madeleine se despediu com um aceno de mão. Javert insistiu:

— Devo ser exonerado.

— O senhor é um homem de bem. Exagera seu engano. Continue no cargo. O ofendido fui eu e estou disposto a esquecer o incidente.

Javert insistiu:

— Desconfiei do senhor injustamente. Abusei do meu cargo denunciando o senhor, que é inocente. Mereço o castigo. Continuo no meu cargo até ser substituído.

Saiu. Madeleine ficou pensativo, escutando o eco daquele passo firme e seguro, que se afastava pelo corredor.

Sem dúvida, o leitor já adivinhou que Madeleine era, de fato, Jean Valjean.

Desde o encontro com o bispo, era outro homem. Vendeu a prataria. Guardou os castiçais como lembrança e se dedicou a uma vida honesta. Atravessou a França. Quando chegou a Montreuil--sur-Mer, teve a ideia que revolucionou a indústria local. Tornou--se rico. Tinha dois únicos pensamentos: ocultar seu nome e santificar sua vida. Ou seja, escapar dos homens e dedicar-se a Deus. Fazia da caridade seu maior objetivo. Mas agora estava diante de um drama de consciência. Podia permitir que um inocente fosse condenado em seu lugar? Se o fizesse, todas as suas boas ações até agora não teriam sentido. Mas, se denunciasse a si mesmo, seria preso. Ao mesmo tempo, pensava em Fantine. Era sua oportunidade de redimir uma alma entregue ao desespero.

Na tarde seguinte, foi vê-la na enfermaria. Chamou a irmã Simplice, uma freira que se havia afeiçoado à doente. Pediu que cuidasse bem de Fantine. A irmã Simplice tinha uma característica: jamais mentia.

— E Cosette? — perguntou Fantine.

— Logo estará aqui.

Depois de ver a doente, que ficou cheia de esperanças, Madeleine foi alugar um cavalo e um tílburi, veículo leve, ideal para viajar em velocidade.

"Adotarei a única atitude possível a um homem de bem. Vou salvar o homem!", decidiu.

Examinou seus livros de contabilidade. Escreveu a seu banqueiro. Ainda hesitava.

— E Fantine? Que será dela?

Em certo momento, voltou atrás.

— O homem vai para as galés. Eu fico livre. Ele é um ladrão! Eu continuo aqui, ajudando a todos. Sou mais útil do que ele.

Abriu seu armário. Decidiu livrar-se de todos os laços que ainda o prendiam a Jean Valjean. Pegou suas antigas roupas, de quando fora libertado, seu saco de viagem, seu cajado e até uma velha moedinha de prata, sem dúvida a que roubara do menino. Jogou tudo no fogo. De repente, olhou para os dois castiçais de prata, que o clarão do fogo iluminava na lareira. Pegou os dois para jogar no fogo também. Nesse instante, teve a impressão de que uma voz gritava dentro dele:

— Jean Valjean!

Os cabelos se arrepiaram, como se ouvisse uma voz vinda do túmulo.

— Sim, destrua tudo! Esqueça o bispo! Deixe o homem ser condenado. Continue a ser prefeito, enriqueça a cidade, alimente os pobres, viva feliz. Mas, enquanto estiver sendo admirado por sua virtude, haverá alguém sendo chamado pelo seu nome, na prisão, com a corrente que você deveria carregar nos pés!

A voz parecia tornar-se mais forte. Colocou os castiçais de volta em cima da lareira. Andou de um lado para o outro, incansável. Às três da manhã, caiu sentado. Adormeceu, exausto. Quando acordou, ainda era noite. Nenhuma estrela no céu. Ouviu um ruído. Era o cavalo com o tílburi.

— Quem está aí? — perguntou.

Responderam que era o cocheiro, com o cavalo e o veículo que encomendara. Hesitou. Decidiu-se.

— Já vou.

10
Julgamento

Quando Madeleine chegou a Arras, o julgamento já havia começado. Devido à sua posição como prefeito, não foi difícil entrar na sala do tribunal.

Observou Champmathieu. Era um camponês rude. Assustado. Negava ser Jean Valjean. Garantia não ser ladrão. Encontrara o galho da árvore já arrancado e aproveitara para ficar com as maçãs. Não havia invadido o pomar de ninguém. O advogado de defesa mal tinha o que dizer. O promotor falou de sua vida passada. Do roubo da moeda de prata de um menino. O acusado quis se defender. Garantiu ter sido carpinteiro em Paris. Teve uma filha lavadeira, que morrera. O juiz lembrou que seu suposto empregador havia falido e não fora encontrado. Além disso, já fora reconhecido, inclusive pelo inspetor de polícia Javert. Antigos forçados foram trazidos ao tribunal. Ambos reconheceram o acusado como Jean Valjean.

O juiz ia terminar o julgamento, quando se ouviu uma voz.

— Olhem para mim!

Era Madeleine. Seus cabelos grisalhos em uma única noite tinham ficado brancos. Falou com as testemunhas:

— Não me reconhecem?

Os antigos forçados fizeram que não. Madeleine falou com os jurados.

— Ponham o acusado em liberdade. O homem que procuram não é ele. Eu sou Jean Valjean!

O tribunal silenciou. Julgando que Madeleine estivesse fora de si, o promotor pediu que chamassem um médico. Madeleine continuou:

— Não estou louco. O juiz está para cometer um erro e condenar um inocente. Prendam-me.

Virou-se para os antigos forçados que testemunhavam contra o acusado. Chamou a cada um pelo nome. Comentou:

— Lembra-se, Brevet? Na prisão, você usava um suspensório xadrez. Você, Chenildieu, tem uma marca de queimadura no ombro direito. Finalmente, você, Cochepaile, tem uma data tatuada no braço esquerdo. É a data do desembarque de Napoleão em Cannes, primeiro de março de 1815. Mostre!

Os forçados, surpresos, confirmaram. Madeleine, com um sorriso de triunfo e de desespero, falou com o tribunal:

— Esta é a prova. Jean Valjean sou eu!

O juiz, o advogado, o promotor, os jurados e o público ficaram em silêncio.

— Já que não me prendem, vou embora. O senhor promotor sabe onde me encontrar e pode me mandar buscar quando quiser.

Atravessou a multidão devagar. Ninguém o impediu. Na porta, avisou:

— Senhor promotor, estou às ordens.

Saiu. A beleza de seu gesto, ao se entregar para salvar um condenado, provocara o respeito de todos. Pouco depois, o júri inocentou Champmathieu.

Enquanto isso, o estado de saúde de Fantine piorava. Várias vezes, perguntou à irmã Simplice sobre o senhor prefeito.

Depois, concluiu que ele fora buscar Cosette.

— É por isso que não veio me ver hoje. Foi buscar minha filhinha!

A irmã Simplice rezava para que fosse verdade. Ao anoitecer, Madeleine voltou. A irmã sugeriu:

— Talvez fosse melhor não ver a doente enquanto a filha dela não chega. Assim, ela pensa que o senhor foi buscá-la!

— Preciso falar com ela, porque há urgência.

A irmã permitiu que ele entrasse. Fantine dormia. Seu peito chiava. Estava branca. Frágil. Mais parecia que estava para voar do que para morrer. Abriu os olhos. Ao ver Madeleine, sorriu, em paz!

— E Cosette?

Madeleine deu uma resposta evasiva. O médico aproximou-se.

— Está com febre, e a presença de sua filha vai agitá-la. É melhor sarar primeiro.

A pobre mãe insistiu:

— Mas já estou curada!

Em seguida, virou-se para Madeleine:

— Foi muito gentil em ter ido buscar minha filha! Ela é linda, não é?

Madeleine apertou a mão dela nas suas.

— Cosette é linda. Mas sossegue, logo vai vê-la!

Fantine exclamou:

— Eu a estou ouvindo! Meu Deus! Ouço sua voz!

Era apenas o som de uma menininha cantando ao longe. Fantine estendeu os braços. Subitamente, sua expressão mudou. O rosto empalideceu. Os olhos, esbugalhados pelo terror. Fez um sinal para Madeleine. Este se virou para trás.

Era Javert.

Pouco depois da saída de Madeleine do tribunal, já haviam se esquecido da beleza de sua atitude. Foi expedida uma ordem para sua prisão. Orgulhoso por ter sido o primeiro a identificar Jean Valjean, Javert viera buscá-lo. O prefeito ainda pediu:

— Por favor, me dê três dias para buscar a filha dessa mulher. Se quiser, pode me acompanhar.

— Está caçoando de mim! — gritou Javert. — Três dias para buscar a filha de uma prostituta!

Fantine começou a tremer:

— Minha filha! Então, Cosette não está aqui? Onde está, senhor prefeito?

Javert exclamou, agarrando a gola de Madeleine:

— Aqui não há nenhum senhor prefeito. É um ladrão, um forçado chamado Jean Valjean, a quem eu prendi!

Fantine apoiou-se nos braços magros. Abriu a boca como se fosse falar. Mas soltou um rugido. Rangeu os dentes. Estendeu as mãos como alguém que está se afogando e busca onde se agarrar. Depois caiu sem forças no travesseiro. A cabeça bateu na cabeceira da cama. Curvou-se sobre o peito. Seus olhos perderam o brilho. Estava morta.

Madeleine se livrou de Javert. Foi até a cama. Ajoelhou-se e cochichou no ouvido da morta. O que disse, ninguém sabe. Mas irmã Simplice garantiu ter visto um sorriso brotar dos lábios da morta. Jean Valjean fechou seus olhos. Foi até Javert.

— Pode me levar. Estou às suas ordens.

11
PRISÃO

A prisão do prefeito foi um escândalo. Em menos de duas horas, esqueceu-se o bem que praticara. Muitos diziam sempre ter suspeitado dele. Apenas três ou quatro pessoas permaneciam fiéis ao prefeito. Entre elas, a velha porteira do edifício onde morava. De noite, para sua surpresa, Madeleine reapareceu.

— Quebrei a barra de ferro de uma grade e fugi. Vou pegar minhas coisas no quarto. Enquanto isso, chame a irmã Simplice.

A velha saiu. Ele subiu até o quarto. Pegou os dois castiçais que ganhara do bispo. A irmã Simplice chegou. Ele lhe entregou um papel.

"Peço ao senhor padre para tomar conta de tudo que deixo. Faça o favor de pagar as despesas do meu processo e o enterro da mulher que morreu hoje. O resto, dê aos pobres."

Nesse instante, ouviu-se um ruído na escadaria. Era o inspetor Javert. Jean Valjean correu para se encostar à parede. A freira caiu de joelhos. Ao ser aberta, a porta ocultou o homem. Javert ficou perturbado ao ver a freira rezando. Mas seu senso de dever fez com que perguntasse:

— Irmã, está só neste quarto?

Pela primeira vez na sua vida, irmã Simplice mentiu:

— Estou.

— Desculpe-me pela minha insistência, mas a senhora não viu hoje um prisioneiro fugido? Jean Valjean?

— Não — respondeu a freira, mentindo pela segunda vez.

O inspetor retirou-se. Jean Valjean fugiu.

Mas, alguns dias depois, foi apanhado novamente.

Esses acontecimentos foram narrados por alguns jornais da época. Vejamos alguns trechos. O primeiro, do *Drapeau Blanc*, de 25 de julho de 1823, narra os fatos da seguinte maneira:

"A polícia descobriu que o prefeito de Montreuil-sur-Mer, um homem chamado Madeleine, era nem mais nem menos do que um antigo forçado, chamado Jean Valjean, e condenado novamente por crime e roubo. Parece que pouco antes de sua prisão, Jean Valjean conseguiu receber das mãos de seu banqueiro uma quantia superior a meio milhão de francos. Ao que parece, tal fortuna foi ganha de maneira honesta, em sua fábrica. Mas não se sabe onde Jean Valjean escondeu esse dinheiro, pois não estava com ele ao ser preso novamente".

O *Journal de Paris* dizia:

"Acaba de ser condenado novamente um antigo forçado chamado Jean Valjean. Desmascarado e preso, esse homem, que tem uma força hercúlea, conseguiu fugir. Mas foi preso quando tomava uma carruagem para Montfermeil. Dizem que aproveitou os três ou quatro dias de liberdade para retirar uma quantia considerável, que havia depositado com um banqueiro. Aparentemente, conseguiu esconder esse dinheiro. Foi condenado à pena de morte. Não apelou da sentença. Mas o rei, em sua clemência, mudou a pena para trabalhos forçados por toda a vida. Jean Valjean foi enviado para as galés".

Após a prisão de Jean Valjean, a indústria em Montreuil-sur-Mer decaiu. Sua fábrica fechou. Outras não tiveram mais sucesso. Operários perderam o emprego. Diminuiu o consumo. Acabou a assistência aos pobres.

Jean Valjean continuava preso, nos trabalhos forçados das galés. Certo dia, quando o navio estava no porto, um marinheiro perdeu o equilíbrio. Ficou dependurado em uma corda. Cair seria a morte certa. Subitamente, um homem subiu pelo cordame do navio em seu socorro. Era um forçado que pedira licença ao oficial para tentar o salvamento. Autorizado, quebrou o grilhão dos pés. (Só mais tarde refletiram sobre a facilidade com que arrebentara a cadeia.) Corajosamente, conseguiu chegar perto do marinheiro em perigo. Amarrou-o com uma corda que trazia na mão. E o içou. Depois, o pegou com os braços e o levou até seus companheiros. Ao voltar para junto dos outros forçados, cambaleou. De repente, caiu no mar. Quatro homens pegaram um barco para socorrê-lo. Mas o homem não voltou à tona. No dia seguinte, um jornal noticiou:

"Ontem, um forçado das galés, depois de socorrer um marinheiro, caiu no mar e afogou-se. Não foi encontrado o cadáver. Chamava-se Jean Valjean".

Quarta parte
A VIDA COM COSETTE

12
A BONECA DE LOUÇA

Aos oito anos, Cosette já havia sofrido tanto que às vezes parecia uma velha. Tinha uma mancha negra num dos olhos, causada por um murro dado pela senhora Thénardier. Entre outros trabalhos cansativos, era responsável por buscar água na fonte. A aldeia de Montfermeil, encravada em um bosque, tinha escassez de água. Era preciso buscá-la em lugares distantes. Cosette tomava cuidado para encher os jarros, as garrafas e o barril da estalagem durante o dia. Morria de medo de ir ao bosque na escuridão.

Certa noite, a água do barril acabou. Chegaram mais quatro viajantes. Um insistiu, zangado:

— Não deram água ao meu cavalo!

Cosette, que estava escondida embaixo da mesa, pôs-se para fora. Garantiu:

— O cavalo bebeu, sim. Quem serviu fui eu.

— Tão pequena e capaz de inventar uma mentira tão grande! — reclamou o homem.

— Vamos, preguiçosa, vá dar água ao cavalo! — exigiu a Thénardier.

— A água acabou.

— Pois vá buscar na fonte!

Cosette pegou um balde quase do tamanho dela. A Thénardier lhe deu uma moeda.

— Na volta, traga pão!

Lá fora havia uma feira de Natal com barracas que iam até a igreja. Em uma delas havia uma boneca de louça. Para Cosette, a mais linda do mundo. Tinha um vestido de seda cor-de-rosa, cabelos de verdade e olhos esmaltados. Sozinha, parou em frente à barraca, encantada com a boneca. A Thénardier saiu, ameaçando:

— Ainda está aí? Vá logo, monstrinho!

Cosette saiu correndo, quase tropeçando no enorme balde. Entrou no bosque. Tinha muito medo. Vontade de chorar. Na fonte, ao encher o balde, não percebeu que a moeda caiu de seu bolso. Exausta, deitou um pouco. Fechou os olhos. Despertou com o frio. De tanto medo, só pensava em atravessar o bosque depressa. Voltar para a aldeia. Ergueu o balde. Após alguns passos, parou, sem ar. Andou mais um pouco. Descansou novamente. De novo, ergueu o balde, andando com dificuldade.

De repente, não sentiu mais o peso. A mão de um homem, enorme, segurava a alça. Era alto e forte. Tinha cabelos brancos. Andar firme. Cosette não se assustou.

— Minha filha, este balde é pesado demais para você. Eu levo — disse o homem.

Cosette soltou o balde, aliviada.

— Que idade você tem?

— Oito anos.

— Você tem mãe?

— Não sei. As outras meninas têm, mas eu não. Acho que nunca tive.

O homem pôs as mãos no ombro da menina. Tentou ver seu rosto na escuridão.

— Qual o seu nome?

— Cosette.

O homem sentiu como se tivesse levado um choque elétrico. Pegou no balde e continuou a caminhar. Perguntou:

— Quem fez você buscar água no bosque a essa hora da noite?

— A senhora Thénardier, dona da estalagem.

— Da estalagem? Então me ensine o caminho. É lá que vou pernoitar.

Cosette acompanhou o homem. Sentia esperança, sem saber por quê.

— A senhora Thénardier não tem criada?

— Não. Sou só eu.

Continuaram andando. Quando estavam perto da estalagem, Cosette pediu.

— Senhor, devolva o balde. Se a senhora Thénardier descobrir que não fui eu quem trouxe, me dará uma surra.

O homem devolveu o balde. Cosette aproveitou para olhar a boneca mais uma vez. A Thénardier abriu a porta furiosa, reclamando da demora. Mas, ao ver o hóspede, mudou de atitude. Tornou-se amável. O homem entrou. O senhor Thénardier o observou. Vestia-se pobremente. Fez um sinal à mulher. Ela compreendeu e explicou que não tinha quarto.

— Fico na varanda ou na estrebaria. Pago assim mesmo.

O casal aceitou. Ele havia mostrado uma quantia bem maior do que a cobrada normalmente. O homem pôs um embrulho que carregava e seu cajado em um banco. Sentou-se. Contemplava Cosette com atenção. Era uma menina feia. Magra. As mãos cheias de frieiras. Como sempre estava com frio, tinha o hábito de apertar os joelhos um contra o outro. Vestia-se com farrapos. O corpo estava cheio de manchas, resultado das pancadas que levava. Mais que tudo, transpirava medo. No fundo de seus olhos, antes belos, só havia terror. Subitamente, a Thénardier lembrou:

— E o pão?

— A padaria estava fechada — mentiu Cosette, que estava embaixo da mesa tricotando.

A dona da estalagem estendeu a mão, querendo o dinheiro de volta. Cosette revirou o bolso. Tinha perdido. Estava apavorada. A Thénardier pegou a palmatória.

— Perdão, senhora, eu não faço mais!

O homem retirou uma moeda do bolso. Fingiu procurar no chão.

— Acabo de ver alguma coisa rolar do bolso da menina. É essa moeda?

Nas mãos tinha uma moeda valiosa. A Thénardier fingiu. Aceitou a moeda, guardou no bolso e desistiu de castigar Cosette.

A porta se abriu. Entraram Éponine e Azelma, filhas do casal Thénardier. Eram lindas. Bem vestidas, com porte de rainhas. A mãe as abraçou. Foram sentar-se perto do fogo, coradas, sadias. Nem olhavam para Cosette, a quem consideravam um cachorro. Brincavam com uma boneca velha e quebrada. Mas que, para Cosette, parecia linda. Ela olhava para a boneca, fascinada. O homem percebeu. Foi até a porta. Abriu-a e saiu. Dali a pouco voltou trazendo a linda boneca que já descrevemos.

— Tome, é sua.

Cosette se escondeu embaixo da mesa. Seu rosto estava inundado de lágrimas. Aos poucos, tomou coragem. Pegou a boneca. Éponine e Azelma olhavam com inveja. A Thénardier foi falar com o marido:

— Velho idiota. Que deseja? Dar uma boneca tão cara a esse monstrinho?

O marido replicou:

— Se o velho é um tonto, que importa? Parece que tem dinheiro, e isso é o que conta!

Os miseráveis

O homem continuou em silêncio, pensativo. Cosette foi se deitar levando a boneca nos braços. As filhas dos Thénardier, também. Os hóspedes se retiraram.

— O senhor não vai descansar? — perguntou o dono da estalagem.

O homem concordou. Thénardier fez questão de lhe oferecer um quarto, embora ele garantisse que bastava a estrebaria.

Não dissemos ainda, mas era noite de Natal. De madrugada, o viajante levantou-se. Foi até a lareira. Lá, estavam os sapatos de Éponine e Azelma, deixados à espera de um presente. A mãe já tinha colocado uma moeda reluzente em cada um. No canto mais escuro, havia um pequeno tamanco de madeira. Cosette também não perdera a esperança e deixara seu tamanquinho na lareira. O viajante colocou uma moeda de ouro e voltou para seu quarto. Pela primeira vez na vida, Cosette teria Natal.

13
Perseguição e fuga

O senhor Thénardier percebera dois fatos. Em primeiro lugar que, apesar de se vestir de maneira simples, o homem tinha dinheiro. Em segundo, seu interesse por Cosette. Logo na manhã seguinte, começou a se lamentar. Falou de suas dificuldades financeiras. E dos gastos com Cosette. Segundo disse, uma pobre órfã, que recolhera por piedade. O desconhecido se propôs a levar Cosette. Thénardier fingiu um grande amor pela menina. Disse que não podia entregá-la a qualquer um. Queria saber seu nome e endereço. O homem se recusou a dar. Mas aceitou compensar Thénardier pelos gastos que apregoava. Este não deixou por menos. Exigiu uma exorbitância. O homem não hesitou. Retirou o dinheiro de seu saco de viagem e entregou ao dono da estalagem.

Em seguida, abriu o embrulho que trazia: havia um vestido preto, meias e sapatos, do tamanho de Cosette. Obviamente, desde que chegara, planejava levar a menina.

Partiu com ela. Cosette ia feliz, sentindo-se segura ao lado daquele homem. Levava a boneca. Mal saíram, a senhora Thénardier criticou o marido:

— Se pagou tão depressa, devia ter exigido mais.

O estalajadeiro concordou. A menina era uma mina de ouro. Correu pelas ruas. Já estava perdendo as esperanças quando avistou Cosette e o velho na floresta. Foi até eles. Estendeu a mão, com as notas que recebera.

— Vim devolver seu dinheiro.

— Por quê?

— Quero a menina de volta.

Thénardier queria, é claro, mais dinheiro. Estava tentando negociar. Continuou:

— Sou honesto. A menina me foi deixada pela mãe. Só poderia entregar Cosette a ela. Se a mãe morreu, só posso dá-la a quem traga uma ordem deixada pela mãe.

O homem não se alterou. Thénardier imaginou que fosse pegar o dinheiro. Mas ele entregou um papel. Era o bilhete de Fantine.

"Senhor Thénardier,

Entregue Cosette ao portador. Todas as despesas serão pagas. Eu o saúdo com consideração.

Fantine."

Surpreso, Thénardier ainda quis extorquir algum dinheiro. Lembrou que o bilhete falava que as despesas seriam pagas. O homem afirmou já ter deixado uma quantia bem alta nas mãos do estalajadeiro, mais que suficiente. O outro ainda insistiu:

— Se quer levar a menina, tem que me dar mais.

O desconhecido nem respondeu. Empunhou seu cajado, segurou Cosette e partiu. Thénardier ainda o seguiu durante algum tempo. Mas não teve coragem de atacar, devido à altura e ao porte do homem, que parecia ser muito forte. O desconhecido foi embora com Cosette.

Já sabemos que o desconhecido não era outro senão Jean Valjean. Dado como morto após salvar o marinheiro, na verdade conseguira nadar para terra firme. Arranjou documentos falsos. E voltou para buscar Cosette. Levou-a para Paris, onde alugara um quarto em uma casa de cômodos miserável. Naquele lugar, sentia-se em segurança. Na casa, os outros cômodos não estavam alugados. Havia apenas uma velha que atendia à porta e cuidava da limpeza.

Até esse momento, Jean Valjean não conhecera o amor. Nunca vivera uma paixão. Não se casara, nem tivera filhos. Era um solitário. A menina despertou seu coração. Dedicava-se inteiramente a ela. Ensinou-a a ler. Falava-lhe da mãe e exigia que rezasse todas as noites. Ela passou a chamá-lo de pai.

Mas logo começaram a falar de Jean Valjean. Ocorre que, ao sair para passear, sempre dava esmolas a um velho mendigo. A caridade despertou suspeitas. Principalmente porque, dizia-se, o mendigo era espião da polícia. Um dia, ao dar a esmola, Jean Valjean teve a impressão de que o mendigo estava diferente. Notou um olhar penetrante. Achou que o conhecia. Surpreso, observou-o quase sem respirar. Mas o mendigo estava de cabeça baixa com o mesmo gorro de sempre, vestido com farrapos. Voltou para o quarto. Cosette dormia. Ficou ruminando seus pensamentos. Lamentou não ter falado com o homem, forçando-o a erguer a cabeça novamente. No dia seguinte, fez o mesmo passeio. Deu a esmola. Quando o velho ergueu a cabeça, Jean Valjean viu que era o mesmo mendigo de sempre. Sentiu um grande alívio.

Alguns dias depois, à noite, estava com Cosette quando ouviu alguém entrar na casa de cômodos. Estranhou. A velha deitava logo após o anoitecer. Apagou a vela. Fez sinal para Cosette ficar quieta. Ouviu passos firmes, de homem. Ficou imóvel. A luz de uma vela se infiltrava por debaixo da porta. Havia alguém à escuta, em sua porta! Jean Valjean deitou, mas não dormiu. Quando amanheceu, ouviu passos novamente. Aproximou-se e olhou pelo buraco da fechadura. Viu a silhueta de um homem, mas não o seu rosto, devido à escuridão do corredor. Percebeu que era alto. Usava sobrecasaca e tinha um cassetete na mão. Parecia Javert!

Logo depois que o homem se afastou da porta, chegou a velha para limpar o quarto. Comentou que a casa recebera um novo inquilino. Jean Valjean percebeu, pelo tom de voz da velha, que havia alguma coisa errada. Quando ela saiu, pegou seu maço de dinheiro e pôs no bolso. Saiu. Foi até a porta da rua. Olhou para os lados. Não havia ninguém. Voltou. Pegou Cosette. E partiu.

Mas o que ele temia, logo aconteceu. Foi seguido por quatro homens! Cada vez que Jean Valjean olhava para trás, eles se escondiam, aproveitando o vão das portas e a sombra das casas. Havia muita neblina. Mas reconheceu o inspetor Javert quando ele passou embaixo de um poste, iluminado por um lampião. Tentou despistar os perseguidores entrando em vielas. Estes pareciam aumentar de número. Em certo momento, enveredou por um caminho que o levaria ao campo. Ouviu os passos que o perseguiam. Já no meio da rua, percebeu outro grupo logo adiante. Só não foi visto devido à densa neblina. Estava cercado!

Na esquina, havia um muro bem alto, coberto de hera. Seria fácil escalar, se estivesse sozinho, pois sempre tivera facilidade para subir em muros e paredes. Com Cosette nos braços, parecia impossível. Concentrou-se. Tinha pouco tempo. Logo seria pego. Conseguiu arranjar um cabo flexível, usado para subir e abaixar o lampião de um poste. Prendeu Cosette, que ficou esperando, encostada no muro. Subiu. Conseguiu içar a menina. Logo abaixo, havia o telhado de uma cabana. Desceu até ele com a menina. Apavorada, pensando que era o casal Thénardier à sua procura para levá-la de volta, Cosette não fazia um ruído. Do outro lado, ouviam-se os passos dos perseguidores. Procuravam por todo lado. Mas o muro parecia instransponível, e ninguém supôs que Jean Valjean pudesse escalá-lo, ainda mais com a menina. Aos poucos, os passos se afastaram. O homem pulou para o jardim.

Fazia frio. Percebeu que as mãos de Cosette estavam geladas. Podia morrer. Andou devagar, procurando ajuda. Viu uma luz no prédio principal. Olhou pela janela. Uma freira deitava-se, de braços abertos, diante de uma cruz. Ele afastou-se. Ouviu, então, o som de guizos. Era um homem que coxeava. Aproximou-se dele, com medo de que Cosette deixasse de respirar a qualquer momento.

— Eu pago bem, se me hospedar por esta noite! — ofereceu, desesperado.

O homem que coxeava observou Jean Valjean à luz do luar. Exclamou, surpreso:

— Senhor Madeleine!

Jean Valjean recuou, ainda mais surpreso. Jamais esperara ouvir o nome "Madeleine" novamente. Ainda mais à noite, em um jardim desconhecido, vindo da boca de um velho corcunda e manco, com guizos amarrados na perna. O velho perguntou, ansioso.

— Mas como veio parar aqui? Parece que caiu do céu!

— Quem é você? Onde estou?

— Mas foi o senhor quem me arrumou este emprego. Não me reconhece mais? Sou Fauchelevent! O senhor salvou a minha vida.

Era o velho a quem Jean Valjean tirara de debaixo da carroça, quando ainda era chamado de Madeleine. Ele mesmo ajudara o velho a encontrar trabalho depois do acidente.

— Evitei que fosse esmagado por uma carroça! Que faz aqui?

— Cuido do jardim e do pomar.

— Por que os guizos presos na perna?

— É para avisar as mulheres, as velhas e as moças, de que vem vindo um homem. Depois que passo, elas saem.

Jean Valjean não entendia. Fauchelevent explicou:

— Estamos no convento de Petit-Picpus. É por isso que não entendo como entrou. Homens não são admitidos aqui dentro! Sou o único.

— Uma vez salvei sua vida. Chegou o momento de me retribuir.

— Como?

— Tem um quarto disponível?

— Moro em um barracão escondido das freiras, com três quartos.

— Eu peço que me abrigue. E que não fale a ninguém o que sabe sobre mim, nem procure saber mais do que já sabe.

Fauchelevent concordou.

— O senhor usou sua influência para me arrumar esse trabalho. Nada mais justo que me peça hospedagem.

— Vamos buscar a menina.

— Que menina?

Jean Valjean foi até onde tinha deixado Cosette. Depois seguiu Fauchelevent até sua casa, onde um fogo crepitava na lareira. Aos poucos, Cosette foi se recuperando.

Nem Jean Valjean nem Fauchelevent conseguiram dormir naquela noite. O primeiro sabia que estava numa situação difícil. Fora descoberto por Javert. Não haveria lugar em Paris onde pudesse se ocultar. A não ser justamente ali, em um convento. Principalmente porque nesse convento rigoroso, como logo soube, nenhum homem, incluindo os parentes, podia visitar as freiras. Era um lugar de oração. Nunca seria procurado ali. Com uma vantagem: as irmãs mantinham uma escola para meninas. Cosette poderia ser educada! Fauchelevent não conseguia entender o que estava acontecendo. Desde que fora trabalhar no convento, nunca mais ouvira falar de Madeleine. Percebia que o homem estava com um grande problema. Mas como entrara no jardim? E, principalmente, como faria para mantê-lo lá?

Aos poucos, criaram um plano. Fauchelevent concordou em apresentá-lo como seu irmão à superiora. Explicou estar doente, precisando de quem o ajudasse. Não foi fácil, porque tiveram que

Os miseráveis

fazer Jean Valjean sair escondido e voltar, desta vez para ser apresentado à madre. Esta gostou de Cosette. A menina foi admitida como aluna bolsista. Jean Valjean prendeu guizos nas pernas e passou a trabalhar no jardim e no pomar. Via Cosette todos os dias. Javert os procurou como uma agulha no palheiro, sem entender como podiam ter desaparecido tão completamente.

Durante anos, viveram em paz. Totalmente ocultos, apesar de estarem em plena Paris. Cosette crescia e se tornava moça.

Quinta parte

PARIS

14
MARIUS

Oito ou nove anos depois dos acontecimentos que acabamos de narrar, um rapaz muito pobre vivia na antiga casa de cômodos onde moraram Jean Valjean e Cosette. Chamava-se Marius. Quem era, afinal?

Seu avô era o senhor Gillenormand, homem vigoroso, já na casa dos noventa anos. Falava alto, enxergava bem, comia por três, roncava alto. Gostava de uma briga. Vivia com uma filha solteirona, com mais de cinquenta anos, a quem ele tratava como se fosse uma criança. Descompunha os criados. Gastara boa parte de sua fortuna e aplicara o restante em renda fixa. Ou seja: contava com uma boa renda, mas não deixaria fortuna. Rica, na família, era justamente sua filha, que recebera uma herança por parte da

[5] Luís XVIII pertencia à dinastia dos Bourbon, família real francesa que, com a derrota de Napoleão, retornou ao poder em 1815.

mãe. Politicamente, Gillenormand tinha opiniões ardorosas. Adorava a Casa Real de Bourbon[5], reconduzida ao trono depois da queda de Napoleão. Tinha horror da República e da Revolução Francesa, ocorrida em 1789. Justamente por isso, considerava uma vergonha o casamento de uma outra filha, já falecida. Seu marido fora herói dos exércitos napoleônicos. Por esse motivo fora nomeado coronel, recebendo também o título de barão. Embora, com a restauração da casa real de Bourbon, o título não fosse mais reconhecido, a não ser pelos admiradores de Napoleão.

Dessa filha nascera um menino, Marius, neto de Gillenormand. O avô idolatrava a criança. Mas obrigara o pai, coronel de Napoleão, a jamais ver o filho. Era essa a sua condição para educar o menino. O antigo coronel vivia modestamente em uma pequena aldeia. Cultivava flores. A cada dois meses ia a Paris e se escondia na igreja para ver o filho de longe.

O sacristão da igreja em Paris e o padre da aldeia eram seus únicos amigos. Sabiam de sua história e lamentavam o sacrifício do coronel. O menino cresceu, tornou-se rapaz sem nunca ter notícias do pai. Quando este morreu, em 1872, Marius recebeu suas últimas palavras em uma carta testamentária. Deixava-lhe o título de barão. E pedia que sempre fizesse o bem ao sargento Thénardier, que salvara sua vida na batalha de Waterloo. (Embora, na verdade, Thénardier tivesse tentado assaltá-lo quando estava inconsciente. Mas isso nem o coronel nem ninguém nunca souberam.)

Marius estudava Direito. Como sempre vivera afastado do pai, não sofreu muito com sua morte. Julgava-se abandonado. Certo domingo, porém, quando rezava na igreja, um sacristão aproximou-se e pediu-lhe para mudar de lugar. Mais tarde, quando terminou a missa, o velho explicou:

— Desculpe-me pelo incômodo. Durante dez anos, observei, neste lugar, um pobre pai olhando o filho que passava sem poder dirigir-lhe a palavra. O sogro, um homem rico, ameaçava deserdar seu filho se o pai o procurasse. Sacrificou-se para que o filho tivesse o futuro garantido. Em admiração a esse pai, gosto de rezar neste lugar. O pior é que o sogro não gostava dele por motivos políticos, pois tinha sido coronel de Napoleão. Chamava-se Pontmercy.

— Pontmercy — assustou-se Marius, reconhecendo o nome do pai.

— Exatamente. Conheceram-se?

— Era meu pai.

O sacristão comoveu-se.

— O senhor era aquele menino! Pois saiba: teve um pai que o amava.

Marius ficou comovido. Passou a estudar a história da República e do Império Napoleônico. A Revolução Francesa e a ascensão de Napoleão Bonaparte o fascinaram. Deixou de admirar os reis da casa Real de Bourbon, no poder, para adotar os ideais revolucionários e democráticos. Em homenagem ao pai, fez cem cartões de visita com o título "Barão Marius de Pontmercy". Quando pôde, foi procurar o sargento Thénardier na estalagem, segundo o endereço deixado pelo pai. Mas aquele fora à falência, e não conseguiu descobrir o que fora feito dele e de sua família.

O avô e a tia acreditavam que Marius tinha uma namorada e por isso viajava. Revistaram suas roupas. Descobriram a carta testamentária deixada pelo pai e os cartões com o título de barão. O avô exaltou-se:

— Que significa essa comédia?

— Que me orgulho do meu pai!

— Seu pai sou eu!

Marius retrucou:

— Meu pai era um homem corajoso, que serviu à República e à França. Morreu esquecido. Cometeu apenas dois erros na vida: amar demais a pátria e a mim.

O avô não se conteve:

— Ingrato! Seu pai era um miserável! Você é tão barão quanto meu chinelo! Os bandidos que fizeram a revolução foram os que formaram a corte de Napoleão! Seu pai só merece desprezo.

Marius encarou o avô. Bradou:

— Abaixo os Bourbon! Abaixo o imbecil do rei!

O avô reagiu:

— Não podemos viver sob o mesmo teto. Convido-o a deixar esta casa.

Marius abandonou a casa do senhor Gillenormand. Não aceitou a mesada que ele tentou enviar-lhe. Passou a viver pobremente, vendendo o pouco que possuía. Sem fogo na lareira, com o casaco roto, sem nada de seu, a não ser as roupas e um relógio. Gastava pouco, economizando até nas refeições. Às vezes ia ao açougue e comprava uma costeleta. No primeiro dia, comia a carne. No segundo, a gordura. No terceiro, os ossos. Conseguiu registrar-se como advogado. Não ganhava muito. Escreveu ao avô participando a notícia. O velho rasgou a carta, furioso.

Todos os dias, Marius passeava no Jardim de Luxemburgo. Ao caminhar, começou a observar um velho com uma jovem, sempre sentados no mesmo banco na extremidade de uma das alamedas mais solitárias. O homem, de uns sessenta anos, cabelos brancos, sério, parecia pouco comunicativo. Desajeitada, sempre vestida de preto, a jovem parecia uma aluna de internato. Ficou seis meses sem ir ao parque. Ao voltar a frequentá-lo, teve uma surpresa. O velho era o mesmo. Mas a jovem transformara-se em uma linda mulher. Vestia-se com elegância. E tinha lindos olhos. Certa vez, quando Marius passeava na alameda, ela ergueu o rosto com timidez. Viu neles uma emoção inexplicável.

No dia seguinte, vestiu seu melhor traje. Sentou-se com um livro na mão, mas não conseguiu ler. Observou o homem e a moça — pareciam pai e filha — caminharem. Ao passar por Marius, ela o olhou com doçura. Marius retribuiu o olhar com o coração batendo forte. Passou a ir ao Luxemburgo exclusivamente para ver a moça de longe. Sempre trocavam longos olhares. O pai percebeu. Muitas vezes, ia passear sem a filha. Na primeira oportunidade,

Marius seguiu ambos até um prédio modesto. No dia seguinte, fez o mesmo. O pai, ao entrar, encarou o rapaz. Desde então, nem ele nem a filha voltaram ao Jardim de Luxemburgo.

Marius foi até onde moravam. Descobriu pelo porteiro que haviam se mudado sem deixar novo endereço. Ficou desesperado.

15
UMA FAMÍLIA DE VIGARISTAS

Ninguém se livra dos vizinhos. Na casa de cômodos vivia, ao lado de Marius, uma família de quatro pessoas: pai, mãe e duas filhas crescidas, a quem ele nunca vira. Havia também um garoto de onze a doze anos, que não morava com os pais, mas nas ruas de Paris. Era um menino alegre, que gostava de sentir-se livre: Gavroche. A mãe e o pai não pareciam se importar com o menino. Quando este ia visitar a família, só encontrava a miséria e nenhum sorriso. Aconteceu que, sabendo que a família ia ser despejada, Marius pagou os aluguéis atrasados, pedindo ao locador para não comentar de onde viera a ajuda.

Em um dia de inverno, quando Marius subia a rua, passaram correndo por ele duas mocinhas, vestidas com farrapos. Falavam em voz baixa.

— A polícia quase me pega! — dizia a mais alta.

Pouco depois, achou um envelope grande caído no chão.

— Coitadas! Perderem o envelope — pensou Marius.

Mais tarde, no quarto, resolveu abri-lo na esperança de encontrar alguma indicação do endereço das mocinhas para devolvê-lo. Dentro, havia quatro envelopes menores com o nome dos destinatários. Todos abertos. Eram cartas pedindo ajuda financeira com os mais variados pretextos. A letra era sempre a mesma. A assinatura, diferente. Com certeza, a mesma pessoa escrevera as cartas usando nomes variados. Marius desistiu de encontrar o dono. Deixou o envelope no canto.

Na manhã seguinte, estava estudando quando bateram à porta. Era uma jovem magra, de aparência maltratada. Voz rouca.

— Que deseja?

— Vim trazer-lhe uma carta.

Marius abriu e leu uma carta redigida com vários erros de ortografia:

"Honrado vizinho,

Soube de sua bondade, pagando o trimestre que eu devia ao senhorio. O Senhor o abençoe! Minha filha lhe dirá que estamos sem pão há dois dias. São quatro pessoas e minha esposa está doente. Julgo que, com seu generoso coração, não me negará um pequeno donativo.

Com consideração,

Jondrette"

A letra era igual à das cartas que encontrara na rua. Enquanto Marius refletia, a moça passeou pelo quarto sem cerimônia. Folheou os livros. Viu um sobre Waterloo.

— Meu pai também esteve nessa batalha — disse ela. — Eu sei ler e escrever. Duvida?

Para provar, escreveu em uma folha de papel:

"Aí vem a polícia!".

Marius pegou o envelope que encontrara no dia anterior. Devolveu-o à moça. Ela riu.

— Que coincidência. Procuramos por toda a parte. Logo o senhor foi achá-lo!

Examinou as cartas.

— Esta é para um velho que está sempre na missa e gosta de ajudar os pobres. Já está na hora. Vou correndo levá-la. Quem sabe consigo algum dinheiro com ele!

Lembrando-se do pedido feito, Marius vasculhou os bolsos. Deu a maior parte do que tinha à moça. Esta riu.

— Hoje é meu dia de sorte!

Partiu em busca do velho de quem falara. Marius refletiu: que espécie de gente eram seus vizinhos? A parede que o separava do quarto de Jondrette não era grossa. Logo encontrou, junto ao teto, três ripas cruzadas sobre um buraco, de onde podia observar o cômodo ao lado.

Viu um antro sujo, miserável. Poucos móveis. Uma cadeira de palha, uma mesa bamba e duas camas. Uma lareira com um fogareiro, onde ardiam dois pedaços de lenha. Sobre a mesa, papel e tinta. Um homem com cerca de sessenta anos, barba grisalha, pequeno, magro, com aparência cruel e jeito de vigarista, fumava cachimbo. Uma mulher gorda estava agachada junto à lareira. Uma menina pálida sentava-se numa cama — era seguramente a filha mais nova. Marius ia abandonar seu posto de observação quando ouviu um ruído. A porta do cômodo abriu-se e entrou a filha mais velha. A mesma que fora a seu quarto.

— Ele vem — anunciou ela.

— Ele quem?

— O velho caridoso que está sempre na missa. Vem nos visitar, para conhecer nossa situação!

O homem animou-se. Começou e preparar o cômodo para despertar ainda mais a piedade da pessoa que esperava.

Apagou a lareira. Furou a palhinha da cadeira. Mandou a filha mais moça quebrar um vidro da janela. Ordenou à mulher:

— Deite na cama para ele pensar que está doente!

A menina chorava com a mão ensanguentada. Cortara-se no vidro. Ele rasgou um pedaço da camisa para fazer um curativo.

— Soluça, chora alto! — mandou.

Esperaram ansiosos pela chegada do futuro benfeitor. O homem impacientou-se:

— E se ele não vier? Será que apaguei o fogo, quebrei o vidro e estraguei a cadeira à toa? Ah, como odeio os ricos! Olham para nós com repulsa. Nos dão roupas e pão, nunca dinheiro. Acham que com dinheiro vamos nos embriagar! O homem deve ter perdido o endereço!

Bateram de leve. Jondrette assumiu uma postura humilde. Abriu a porta com um sorriso falso.

— Entre, senhor benfeitor... com essa linda moça!

Um velho e uma jovem entraram. Para surpresa de Marius, eram eles: o pai e a filha do Jardim de Luxemburgo. Ela, a quem procurava havia tanto tempo!

A moça pôs um embrulho na mesa. O velho explicou que eram roupas, meias e cobertores. Jondrette tentava lembrar-se do nome com que assinara a carta pedindo ajuda.

— Foi Fabantou — disse a filha mais velha, baixinho.

Ele lamentou-se:

— Veja minha situação, senhor! Sem pão, sem fogo na lareira! Minha única cadeira, furada. Um vidro quebrado na janela, e neste frio! A mulher doente!

Subitamente, sem que o velho ouvisse, Jondrette segredou à mulher:

— Preste atenção nesse homem!

E continuou a lamentar-se:

— Amanhã vence o prazo do aluguel! Seremos despejados!

O velho pôs uma moeda na mesa. Em seguida, tirou o casaco e colocou-o no encosto da cadeira.

— Só tenho essa moeda, senhor Fabantou. Vou levar minha filha e volto mais tarde com o dinheiro do aluguel. O meu casaco agora é seu.

Jondrette derramou-se em agradecimentos.

Assim que o homem saiu, Marius saltou de seu posto de observação do cômodo ao lado. Correu para a rua. Queria seguir o pai e a filha para descobrir o novo endereço. Foi inútil. Estavam em uma carruagem de aluguel. Voltava desanimado quando encontrou a filha de Jondrette.

— Por que está triste? — perguntou ela.

Marius teve uma inspiração. Pediu que encontrasse o endereço do velho e da moça. A jovem garantiu ser capaz de descobrir qualquer endereço em Paris. Mas disse isso com tristeza, percebendo o interesse do rapaz pela outra. Ao voltar para o quarto, Marius ouviu a voz de Jondrette. Subiu na cômoda para espiar pelo buraco.

— Só pode ser ele. Eu o reconheci, mesmo depois de oito anos — comentava Jondrette com a mulher.

— Tem certeza?

— Logo vi de quem se tratava. Vou acertar as contas com esse senhor. E a moça... só pode ser ela!

Os miseráveis

A mulher revoltou-se:

— Minhas filhas quase nuas. E ela tão elegante! Não posso acreditar que aquela desgraçada tenha se transformado na moça que esteve aqui, tratando minhas filhas como se fosse uma dama!

— O importante é que ele não nos reconheceu, pois em outro caso não voltaria! Vamos ganhar uma fortuna!

16
A CILADA

Jondrette colocou o casaco e o chapéu.

— Vou chamar uns amigos para me ajudar.

Saiu. Seus passos ecoavam pela escada. Marius decidiu frustrar seus planos, claramente criminosos. Foi até o posto de polícia mais próximo.

Expôs tudo o que presenciara ao inspetor do dia. Por uma extraordinária coincidência, não era outro senão Javert.

Este entregou duas pistolas ao rapaz. Pediu que observasse o cômodo do vizinho de maneira que não fosse visto, deveriam pensar que não estava em casa. Quando a quadrilha estivesse em ação, Marius avisaria com um tiro, para todos serem pegos em flagrante.

Marius fingiu sair e voltou para cima da cômoda. O quarto de Jondrette estava diferente. Com o dinheiro recebido, comprara carvão. Dentro da lareira, colocara um grande fogareiro cheio de brasas. Sobre ele, aquecia um formão. Perto da porta, viu algumas ferramentas e cordas. Jondrette olhou ao redor.

— Precisamos de mais duas cadeiras. Vá pegar no cômodo do vizinho.

Todos sabiam que Marius nunca trancava e porta. O rapaz sentiu um calafrio. Mas o quarto estava escuro. A mulher entrou, pegou as cadeiras e saiu sem vê-lo. Continuou olhando. Jondrette pegou uma faca e experimentou o corte. Marius engatilhou a pistola.

O sino tocou seis horas. Minutos depois, o velho senhor voltou. Tinha uma aparência serena.

— Fique à vontade, meu benfeitor — disse Jondrette.

O velho colocou um maço de dinheiro sobre a mesa.

— É para o aluguel e outras despesas urgentes.

Enquanto ele falava, a mulher saiu e disse para a carruagem de aluguel ir embora. Marius apertava a coronha da pistola, já engatilhada. A polícia estava por perto, pronta para a emboscada. Não havia o que temer.

— E sua filha, que estava machucada? — perguntou o velho.

— Foi para o hospital fazer um curativo, com a irmã — mentiu Jondrette.

— Sua mulher não estava doente?

— Piorou muito. Mas tem uma resistência de ferro! É corajosa!

A mulher agradeceu o cumprimento.

— Sempre amável comigo, Jondrette.

— Jondrette? Não se chama Fabantou? — estranhou o velho.

— É meu pseudônimo, pois sou artista! — inventou Jondrette.

Em seguida, ofereceu aquilo que considerava seu único tesouro. Um quadro representando um homem carregando outro nas costas. Por sinal, muito mal pintado. Mais parecia uma tabuleta de estalagem.

Enquanto falava, outro personagem entrou no cômodo. Tinha braços tatuados. O rosto sujo de fuligem, como quem quer se disfarçar. O velho senhor virou-se, surpreso:

— Quem é?

— Um vizinho.

A porta se abriu novamente. Entrou outro homem, de rosto também sujo. Jondrette mostrou o quadro, falando bastante para distrair o velho. Logo quatro desconhecidos estavam dentro do quarto. Todos imóveis, de cara suja e braços nus. O velho encostou-se à parede. Observou o cômodo, percebendo estar cercado. Caíra numa cilada. Jondrette mudou de tática. Deixou de tentar vender a pintura. Aproximou-se com atitude ameaçadora e gritou:

— Vamos tirar a máscara! Não me reconhece?

Naquele instante, mais três homens entraram no quarto, mascarados. O primeiro trazia um bastão. O segundo, de grande estatura, um machado. O terceiro, uma enorme chave, roubada de alguma porta de cadeia. Para concretizar seus planos, Jondrette só aguardava a chegada desses homens. O velho, pálido, estava atrás da mesa, como para se proteger. Mas, surpreendentemente, tinha uma atitude de desafio. Os homens que haviam chegado primeiro tiraram, do monte de ferramentas junto à porta, uma enorme tesoura, um formão e um martelo e ficaram na frente da porta.

— Não me reconhece? — insistiu Jondrette.

— Nunca o conheci.

Jondrette debruçou-se sobre a mesa, feroz:

— Não me chamo Fabantou, nem Jondrette! Sou o estalajadeiro Thénardier, de Montfermeil. O senhor me conhece muito bem. Lembrou-se?

O homem ruborizou-se levemente, mas continuou sem alterar a voz.

— Continuo sem saber quem é!

Marius, porém, nem sequer ouvira a resposta. Estava abalado. Thénardier era o homem que salvara seu pai! Prestes a disparar o tiro para avisar os policiais, hesitou. Quase largou a pistola. Que fazer? Deixar de cumprir a última vontade do pai? Mas, nesse caso, permitir um crime?

— Não me reconhece? — gritava Thénardier. — Doador de bonecas! Há oito anos levou de minha estalagem a filha de Fantine! A menina era o meu ganha-pão! E me ameaçou com seu cajado no bosque! Ladrão de crianças! Mas agora o mais forte sou eu!

Quando Jondrette se calou, o velho respondeu:

— Sou um homem pobre, não um milionário. Está me confundindo com outra pessoa.

— Ainda insiste em negar? Que gracinha! Não sabe quem sou?

— Vejo que é um bandido!

Thénardier berrou, furioso:

— Bandido! É o nome que os ricos nos dão! Fali, vivo escondido, não tenho o que comer. Sou um bandido! Ouça bem, senhor milionário, já tive algo de meu. Fui um soldado de Waterloo! Essa pintura que quis vender me representa! Salvei um general! E você, o que é? Mas, agora que tive a bondade de lhe contar todas essas coisas, fique sabendo: quero dinheiro, muito dinheiro! Ou dou cabo de você aqui mesmo!

Angustiado, Marius escutava atento. A menção a Waterloo lhe dera a certeza. Era o mesmo Thénardier da carta testamentária de seu pai!

Thénardier encarou o homem:

— Que tem a dizer agora?

Um dos homens tirou a máscara. Ergueu o machado:

— Se é preciso rachar lenha, aqui estou!

— Por que tirou a máscara? — perguntou Thénardier.

— Para rir — disse o bandido.

Havia alguns minutos que o velho observava todos os movimentos de Thénardier. Quando este se virou para o homem do machado, aproveitou a oportunidade. Empurrou a cadeira com o pé e a mesa com a mão. Pulou com espantosa agilidade para a janela. Abriu-a. Já estava prestes a saltar para fora, quando seis mãos robustas o agarraram. Eram os homens sujos de fuligem. A senhora Thénardier o puxava pelos cabelos. Os outros bandidos correram. Um deles ergueu uma barra de ferro sobre a cabeça do velho. Marius pôs o dedo no gatilho, prestes a disparar a pistola.

— Perdoe-me, meu pai! — pediu.

Thénardier gritou:

— Não o machuquem!

Marius não disparou. Acabara a urgência, pois não havia risco de morte imediato. O homem lutava com os bandidos. Derrubara dois deles. Mas os outros o dominaram. Revistaram-no. Trazia apenas uma bolsa com algumas moedas e um lenço. Thénardier exigiu:

— Amarrem o homem no pé da cama.

Foi preso, com nós bem fortes, perto da lareira. Thénardier sentou-se à sua frente:

— Senhor, não devia ter tentado pular pela janela. Podia ter quebrado uma perna. Vamos conversar. Estou impressionado. Até agora, não soltou sequer um grito.

Surpreso, em seu esconderijo, Marius percebeu que era verdade. Thénardier continuou:

— Podia ter gritado: "Socorro, ladrões". Mas não. Concluo que não queira atrair a polícia. Nós também não.

Thénardier levantou-se. Foi até o fogareiro, mexeu nas brasas. O prisioneiro notou que o formão estava branco com o fogo, semeado, aqui e ali, de estrelinhas vermelhas.

— Vamos nos entender — disse Thénardier. — É rico, mas não pretendo arruiná-lo. Quero uma boa quantia. Escreva o que eu vou ditar.

Empurrou a mesa para perto do prisioneiro. Ofereceu o tinteiro, a caneta e uma folha de papel.

— Escreva.

— Estou amarrado, não posso.

Um braço foi desamarrado. Thénardier ditou:

— "Minha filha... assim que receber este bilhete, venha imediatamente com a pessoa que o entregar e que sabe onde estou. É absolutamente necessário".

O prisioneiro perguntou:

— Para quem é a carta?

— Está farto de saber. Assine!

O homem assinou e pôs o endereço no envelope. Thénardier entregou a carta para a mulher. Esta saiu, acompanhada pelo homem com o machado.

Em seu quarto, Marius esperava, ansioso. Estava disposto a morrer para salvar a jovem quando esta chegasse. Passou algum tempo. Thénardier dirigiu-se ao prisioneiro:

— Escute. Minha mulher não vai trazer a moça até aqui. Vai levá-la a um determinado local, fora da cidade. Será deixada com um amigo. Quando minha mulher voltar, dizendo que deu tudo certo, o senhor será solto. Quando me der o dinheiro, devolverei sua filha. Se me denunciar... adeus!

Horrorizado, Marius não sabia o que fazer. Devia disparar a pistola? Mas, nesse caso, a moça raptada poderia ser morta! Não era mais o pedido do seu pai, mas também seus próprios sentimentos que o impediam de avisar a polícia.

Ouviram-se passos.

— A patroa voltou — disse Thénardier.

Era ela, de fato. Chegou vermelha, com os olhos faiscando. Berrou:

— O endereço era falso! O nome também! Corte este homem em pedaços! Queime-o vivo, até dizer onde está sua filha e onde esconde o dinheiro!

Marius respirou, aliviado. A moça estava salva! Enquanto isso, Thénardier sentou-se sobre a mesa. Com voz lenta e feroz, falou com o prisioneiro:

— Você me logrou. O que pretende?

— Ganhar tempo! — respondeu o outro, com uma voz forte como o trovão.

No mesmo instante, desvencilhou-se da corda, da qual se soltara sem que ninguém percebesse. Só continuava preso por uma perna. Ergueu e voz e exclamou:

— Olhem!

Estendeu o braço. Pegou o formão em brasa e cravou na própria carne. Sentiu-se o cheiro de carne queimada. Marius cambaleou, horrorizado. Os bandidos estremeceram. O rosto do velho apenas se contraiu.

— Não tenho medo de nada, eis a prova. Nem de vocês — disse.

— Agarrem-no! — gritou Thénardier, ao ver que ele atirava o formão pela janela.

Três bandidos pularam em cima do homem. Thénardier pegou a faca. Marius ergueu a pistola, pronto para desferir o tiro salvador. Mas percebeu a seus pés, sobre a mesa, uma folha de papel, iluminada pelo luar. A folha onde a filha de Thénardier escrevera, para mostrar que era instruída:

"Aí vem a polícia".

Era a solução! Poderia salvar a vítima e poupar o assassino. Pegou a folha, colocou um pedaço do reboco para dar peso e atirou pelo buraco no cômodo vizinho. Bem a tempo. Thénardier avançava para o prisioneiro com a faca.

— Um papel! — gritou a senhora Thénardier.

— O que é? — perguntou o marido.

A mulher pegou a mensagem. O marido leu. Exclamou:

— A letra é de Éponine. Vamos fugir.

— Sem cortar o pescoço do homem? — reclamou a mulher.

— Não dá tempo!

— Fugir por onde?

— Pela janela. Éponine deve ter jogado o bilhete pela janela. Este lado está livre!

Foi uma correria. Puseram uma escada de cordas dependurada para fora da janela.

— Depressa, mulher! — mandou Thénardier.

— Nós primeiro — gritaram os bandidos.

— Vamos tirar a sorte! — propôs um.

Thénardier gritou:

— Para que perder tempo? Escrever os nomes, colocar os papeizinhos em um boné...

— Querem meu chapéu? — disse uma voz, vinda da porta.

Todos se viraram. Era Javert. Estava com o chapéu na mão, sorrindo.

Os bandidos tentaram pegar as armas. Javert pôs o chapéu de volta à cabeça. Entrou no quarto, de braços cruzados e espada na bainha.

— Ninguém sai pela janela. Só pela porta. Vocês estão em sete, nós em quinze. Nada de reagir.

Thénardier ergueu a pistola. Apontou para Javert. Este o encarou, corajosamente:

— Não atire, que vai falhar.

Thénardier puxou o gatilho. O tiro falhou.

— Não disse? É melhor se entregarem. Resistir é inútil!

Fez um gesto em direção ao corredor. Os policiais entraram. Os bandidos foram algemados.

Javert sentou-se à mesa, onde estavam ainda o papel, o tinteiro e a caneta. Começou a escrever.

— Aproxime-se a vítima — ordenou.

Não viu ninguém. O homem desaparecera. Durante a confusão, a porta ficara guardada, mas a janela, não. Desamarrado pelos policiais, o prisioneiro se aproveitara de um momento de distração e fugira. Um policial olhou para fora. Não havia mais ninguém.

— Diabos! — resmungou Javert. — Era a melhor presa!

17
O PRIMEIRO BEIJO

Jean Valjean adotara nova identidade. Passava por um comerciante aposentado, vivendo de rendimentos, com o nome de Último Fauchelevent. Morava em uma casa simples, na rua Plumet. Cercada por grades, com jardim, a casa possuía duas saídas, uma pela rua da frente, outra pela de trás. Ideal para fugir, no caso de ser descoberto. Vivia com Cosette e uma criada do interior, gaga, chamada Toussaint.

Por que deixara o convento tão seguro? Fora feliz como jardineiro. Vira Cosette crescer. Mas sua consciência o atormentava.

Seria justo fazer com que Cosette se tornasse religiosa sem conhecer nada do mundo? O convento tornara-se o universo dele. Não seria uma escolha da menina.

Seria, sim, uma falsa vocação, imposta pelas circunstâncias. Cinco anos após os fatos narrados, o velho senhor Fauchelevent morreu. Jean Valjean procurou a superiora. Revelou que herdara uma pequena herança e pretendia deixar o convento para ir viver com sua filha. Fez questão de pagar uma boa quantia pelos anos de estudo da menina e partiu. De seu, só levava uma mala pequena, velha, onde guardava as roupas de Cosette quando menina. O mesmo traje preto com que a vestira ao salvá-la das mãos dos Thénardier.

Durante algum tempo manteve três endereços (motivo pelo qual, ao segui-lo, Marius não descobrira a casa da rua Plumet). Entretanto, acreditava que, passado tanto tempo, sua fuga fora esquecida. Pouco saía. Só para passeios com Cosette no Jardim de Luxemburgo, como já vimos. Aos domingos, não perdia a missa. Na casa da rua Plumet, não recebia visitas nem vizinhos. Seu contato com o mundo exterior era uma caixa do correio, colocada na porta. Por ela, recebia os avisos de impostos. Também recebia os avisos da Guarda Nacional[6]. Esse é um detalhe importante, pois nos últimos anos se incorporara à Guarda Nacional, com o nome de Último Fauchelevent.

Era um costume de muitos burgueses da época. Possuía um uniforme militar que vestia três ou quatro vezes por ano para participar das atividades da corporação. Tratava-se de um trabalho voluntário, que lhe dava prazer. Ao mesmo tempo, ajudava a fazer com que ele se assemelhasse a um homem comum. Quando saía com a filha, vestia a farda, parecendo um oficial reformado. À noite, punha roupas de operário, com um boné a lhe ocultar parte do rosto. Cosette se habituara à vida misteriosa do pai. Criada entre as freiras, pouco conhecia do mundo.

Um dia, ao olhar-se no espelho, percebeu que era bonita. Lembrou-se de que, certa vez, quando passava por uma rua, ouvira um comentário que era, sim, bonita, mas que se vestia muito mal. A própria criada disse ao pai, certa vez:

[6] A Guarda Nacional era um agrupamento militar formado pela população em 1789. Cansados dos privilégios exclusivos da nobreza, influenciados e apoiados pela burguesia, seus integrantes haviam tomado e destruído a Bastilha, prisão que representava a tirania dos governantes, e se apossado das armas lá existentes. Na Bastilha é que, até então, ficavam confinados os presos políticos, considerados inimigos do rei.

— Senhor Fauchelevent, Cosette está ficando bonita.

Começou a se preocupar com as roupas. Com um instinto natural, abandonou os vestidos mal cortados para se trajar com elegância. Foi quando Marius a reviu no Jardim de Luxemburgo e notou sua transformação. Iniciou-se a troca de olhares. Jean Valjean notou. E passou a detestar o jovem apaixonado. Como já contamos anteriormente, Jean Valjean não conhecera o amor de uma mulher, perdera a mãe ainda pequeno e não tivera filhos seus. Todo o amor que possuía estava concentrado em Cosette. Não suportava a ideia de algum dia perdê-la, mesmo que para um marido. Decidiu não voltar ao Jardim de Luxemburgo. Restringiu seus passeios aos limites da casa da rua Plumet. Cosette entristeceu-se. Mas nunca se queixou.

A vida de ambos tornou-se ainda mais solitária. Sua única distração era praticar a caridade. Por esse motivo, Jean Valjean havia caído na cilada de Jondrette, na verdade, Thénardier.

Ao livrar-se da tocaia, Jean Valjean voltara para casa. A ferida provocada pela queimadura doía. Inventou uma desculpa. Não quis médico. Passou um mês com febre. Cosette cuidava do pai com dedicação. Apesar da doença, Jean Valjean estava alegre. Sentia renovar-se a antiga alegria da vida a dois, semelhante à da época do convento. Nem mesmo o encontro com Thénardier o preocupava. Salvara-se. E fugira mais uma vez de Javert.

Marius ficou desesperado. Durante dois meses não teve notícia de Cosette. Finalmente, Éponine cumpriu sua promessa de descobrir onde morava o homem e a filha. Mostrou a casa da rua Plumet. O rapaz começou a rondar o endereço. Descobriu uma barra da grade que estava solta. Por várias vezes Cosette assustou-se ao ver uma sombra no jardim. Finalmente, Marius tomou coragem e deixou uma carta para a jovem. Ela a encontrou no banco do jardim. Não havia como identificar quem a deixara. Mas, no fundo do coração, sabia.

Ao anoitecer, no dia seguinte, quando Jean Valjean saiu, a moça foi para o jardim. De repente, teve a sensação de estar sendo acompanhada. Virou-se. Era Marius. Magro, pálido, sem chapéu e muito emocionado. Ela quase desmaiou. Encostou-se em uma árvore, com o coração palpitando. Ele aproximou-se. Murmurou:

— Não tenha medo. Venho aqui todas as noites na esperança de vê-la. Leu minha carta? Espero que não esteja zangada. Perdoe-me pela ousadia. Mas, se não lhe falasse, morreria.

Percebeu que Cosette estava prestes a desmaiar. Correu até ela. E a amparou com os braços.

Os miseráveis

— Então, também me ama? — perguntou ele.

— Cale-se! Sabe que sim! — respondeu a moça com voz fraca.

Marius sentou no banco, e ela ao seu lado. Não sabiam o que dizer. Como se encontraram seus lábios? Como a ave canta, a rosa floresce?

Um beijo, eis tudo.

Após o beijo, ambos estremeceram e se olharam, fulgurantes.

Ela deitou a cabeça em seu ombro.

— Como se chama? — perguntou.

— Marius. E você?

— Cosette.

A partir daí, todas as noites Marius entrava no jardim pela grade solta. Namorava Cosette. Para Jean Valjean, a alegria da moça era uma prova de felicidade. Não suspeitava dos encontros. O amor entre os dois cresceu. Um já não podia viver sem o outro.

Em junho de 1832, graves acontecimentos políticos passaram a agitar Paris. O movimento republicano crescia. Certa noite, Marius observou que Cosette havia chorado.

— O que aconteceu?

— Meu pai decidiu que vamos para a Inglaterra daqui a uma semana.

— Quando, exatamente?

— Não sei.

— Vão voltar?

— Também não sei.

— E você também vai? — insistiu Marius.

— Como não vou, se meu pai vai?

Cosette segurou a mão do rapaz. Marius ergueu os olhos para o céu.

— Só me resta uma solução...

— Qual?

— Não posso dizer.

De repente, Cosette sorriu.

— Mas você pode nos acompanhar. Para onde eu for, você irá também.

O jovem retrucou:

— Com que dinheiro?

A verdade é que nos últimos tempos, Marius fora viver na casa de um amigo, Courfeyrac. Sem trabalho, vivia de empréstimos.

— Você só me vê à noite, não repara como me visto. De dia, me daria uma esmola. Não tenho sequer como pagar o passaporte!

Cosette soluçava.

— Não chore! — disse ele.

— Como não vou chorar, se vou embora e você não pode ir?

— Você me ama? — perguntou o rapaz.

— Eu adoro você, Marius!

Ele pensou. Fez um pedido:

— Amanhã não espere por mim.

— Por quê?

— Não posso dizer. Vamos sacrificar um dia para não perder o resto da vida.

Cosette olhou para ele. Viu que tinha esperanças. Marius lembrou-se:

— Você não tem meu endereço. Deixe-me dizer onde moro, para o caso de acontecer alguma coisa.

Pegou um canivete do bolso e escreveu o endereço da casa de Courfeyrac, onde se hospedava, na cal da parede: "Rua de La Verrerie, 16".

Em seguida, despediu-se.

Qual era a ideia de Marius? Simplesmente, casar. Como não tinha idade, precisava da permissão do avô. No dia seguinte, foi procurar o senhor Gillenormand. Há quatro anos não se viam. Gillenormand teve vontade de correr para o neto de braços abertos. O coração transbordava de amor. Mas o orgulho o impediu de demonstrar.

— O que vem fazer aqui? — perguntou.

Marius se humilhou. Ajoelhou-se.

— Tenha piedade de mim!

O avô ordenou:

— Se veio pedir alguma coisa, diga logo do que se trata.

— Quero me casar.

— Casar, aos vinte e um anos? Com quem, se a pergunta não for indiscreta?

Antes que Marius respondesse, o avô continuou, irritado:

— Quanto ganha como advogado?

— Nada!

— A noiva é rica?

— Tanto quanto eu.

— Não tem dote! E o pai, como se chama?

— Fauchelevent.

O avô gritou, furioso:

— Sim, senhor, que engraçado! Vinte e um anos, uma moça sem dote e sem renda! E ainda diz que é barão! Será muito engraçado ver a futura baronesa pechinchando na quitanda!

Os miseráveis

— Mas...

— Não consinto! Nunca!

Pegou uma bolsa de moedas e atirou para Marius.

— Tome isso, para comprar um chapéu. Está muito mal-vestido.

Marius estava petrificado. O avô riu e piscou os olhos.

— Não seja bobo. Faça dela sua amante.

O rapaz empalideceu. Ergueu-se.

— Já ultrajou meu pai. Agora ofende a mulher que amo. Adeus!

Saiu, apressado. Surpreso, o avô quis fazer um gesto. Não deu tempo. Marius já batera a porta. Como que fulminado, o avô percebeu a extensão do que dissera. Gritou:

— Corram atrás dele! Que mal eu fiz! Desta vez não volta mais!

A filha acudiu. Ele foi para a janela.

— Marius, Marius, Marius.

O rapaz já estava longe. O senhor Gillenormand caiu sentado numa cadeira, sem conseguir conter as lágrimas.

171

18
A BARRICADA

Marius andou sem rumo. Só voltou para casa de madrugada. Foi acordado por Courfeyrac e outros estudantes, seus amigos.

— Você vai ao enterro do general Lamarque? — perguntou Courfeyrac.

O general Lamarque fora um herói do exército de Napoleão Bonaparte. Seu funeral tornou-se, na verdade, o estopim para a revolta de 1832 contra a restauração da Monarquia. Toda essa questão política tivera origem na Revolução Francesa, com a deposição da realeza e a instauração da República. Mais tarde, Napoleão Bonaparte conquistara o poder. Mas, após o Império Napoleônico, a casa real de Bourbon, dos antigos reis franceses, reconquistou o trono. Os partidários de Napoleão e também os republicanos, adeptos das ideias da Revolução, não se conformavam.

Marius pretextou uma indisposição. Os amigos partiram. O rapaz colocou no bolso a pistola que Javert lhe havia entregue na noite em que os Thénardier prepararam a cilada para Jean Valjean. Como deixara a casa de cômodos logo em seguida, nunca devolvera a arma. Vagou por Paris, sem perceber que começava uma rebelião sangrenta.

Entrou no jardim da rua Plumet, como prometera a Cosette. Não a encontrou. As janelas estavam fechadas. Não havia luz ou ruído vindos do interior. Sentou-se nos degraus da entrada. Pôs as mãos na cabeça:

— Se perdi Cosette, prefiro morrer.

Uma voz o chamou:

— Senhor Marius!

Ergueu a cabeça. Uma voz rouca avisou:

— Seus amigos o esperam na barricada da rua Chanvrerie.

Pensou ter reconhecido a voz de Éponine. Ao olhar, só viu um rapazinho virando a esquina.

Que acontecera com Cosette? Naquele dia, mais cedo, Jean Valjean fora passear, vestido de operário. Não suspeitava dos encontros de Cosette com Marius. Mas andava preocupado. Já notara Thénardier nas proximidades da casa da rua Plumet. De fato, Thénardier havia fugido da prisão com seus comparsas e pretendia assaltar a casa, pois ficava em uma rua isolada. Como Jean Valjean supunha, Thénardier não conhecia a identidade do morador, mas, naquele dia, ao passear pelo jardim, vira um endereço escrito na cal da parede: "Rua de La Verrerie, 16". Do que se tratava? De um sinal? De um aviso? Para quem? De uma coisa tinha certeza: um desconhecido conseguira entrar no jardim.

Jean Valjean estava pensando nisso quando alguém jogou um bilhete da rua. Abriu. Era uma mensagem com letras grandes:

"MUDE-SE!"

Não podia imaginar a verdade. Fora Éponine. Notando a movimentação do pai e de seu bando, decidiu avisar a família. Principalmente por causa de Marius. Quando Jean Valjean tentou descobrir quem jogara o bilhete, viu apenas um vulto já distante.

Fora com Cosette e a criada para seu terceiro endereço, enquanto preparava a partida para Londres. Marius não podia supor. Desesperado, decidiu ir ao encontro de seus amigos.

O que acontecera?

Os miseráveis

A batalha entre republicanos e monarquistas começara nas ruas de Paris. Os republicanos eram, porém, em número muito pequeno. O grupo de estudantes, liderado por Courfeyrac, formara um cortejo seguido por artistas, operários e portuários, armados de bastões e baionetas. No grupo estava até mesmo um velho, antigo colecionador de livros raros, e autor de uma rara obra sobre botânica. Com a idade e a escassez de recursos, já não tinha o que comer. Acompanhava o grupo sem consciência do que fazia, por desespero. Cantando, gritando e correndo à frente dos demais, ia Gavroche. A certa altura, este entrou em uma loja. Viu uma pistola. Gritou, entusiasmado:

— Senhor, vou pegar emprestada a sua pistola!

E pegou a pistola sob as barbas do comerciante. Menino criado nas ruas, como já mencionado, Gavroche era filho do casal Thénardier. A mãe se interessava pelas filhas, mas pouca importância dava ao menino. Este fora para as ruas. Vivia de expedientes, incluindo pequenos roubos. Tinha um grande coração. Esperto, sabia encontrar onde se abrigar. Era capaz de gestos contraditórios, como roubar a carteira de um ladrão para deixar com um pobre velho sem recursos. Entusiasmado, tinha um espírito ardente e grande alegria de viver. Gavroche exclamava para quem assistia à passagem do grupo armado:

— Avante, para a batalha!

O bando de rebeldes aumentava à medida que percorria as ruas. Na rua Chanvrerie, levantaram duas barricadas, uma em cada extremidade. Tomaram posse de uma taverna, transformada em quartel-general. Hastearam uma bandeira vermelha. Cada rebelde recebeu munição.

Até o anoitecer, tudo ficou calmo. O governo estava concentrando forças. Em breve, sessenta mil homens iriam enfrentar os cinquenta que estavam nas trincheiras.

Entre os cinquenta, havia um homem alto, grisalho, com expressão decidida. Gavroche o observava. Foi até Enjolras, um dos líderes, e avisou:

— Aquele homem é policial. Talvez até espião.

— Como sabe?

Gavroche o conhecia das ruas. Enjolras foi até ele.

— Sabemos que é da polícia.

— Sou um agente da autoridade.

— Como se chama?

— Javert.

Imediatamente, foi preso e amarrado. Examinaram seus bolsos. Tinha uma carteira que o identificava como policial. Encontraram também uma ordem para espionar os rebeldes. Depois disso, deveria verificar a existência de um bando de malfeitores nas margens do Sena. Javert foi amarrado a uma coluna, com os braços atrás das costas.

— Será fuzilado — decretou Enjolras.

— Podem me matar.

— Agora não. Temos que economizar munição.

— Podem me matar a facadas.

— Não somos assassinos.

Pouco depois, Marius chegava. Foi um dos últimos a entrar na barricada. O ataque do governo logo aconteceu. Mostrou-se heroico. Com tiros de pistola, salvou Courfeyrac e Gavroche, que estavam na mira dos soldados. Por pouco, também não morreu. Quase foi atingido por um disparo de fuzil. Mas um desconhecido entrou na frente. Pôs a mão na arma e desviou o cano. Imediatamente, Marius agarrou uma tocha e aproximou-a dos barris de pólvora. Ameaçou explodir tudo. As tropas do governo recuaram.

Durante a breve trégua, foi examinar o outro extremo das barricadas. Ouviu uma voz:

— Senhor Marius!

Era a mesma voz que o chamara, avisando que seus amigos estavam nas barricadas. Olhou. Não viu ninguém.

— Aqui no chão! — disse a voz.

Curvou-se. Era um rapazinho sujo de sangue. Rosto magro e pálido.

— Não está me reconhecendo? Sou eu, Éponine!

Abaixando-se, Marius se convenceu: era a mesma mocinha que fora até seu quarto, vestida em trajes masculinos.

— Estou morrendo — disse ela.

— Está ferida? Vou levá-la para a taverna, para ser medicada!

Quis erguer a moça, mas ela gritou de dor.

Éponine ergueu a mão, em cuja palma havia um buraco negro.

— Que tem na mão?

— Um furo.

— De bala?

— Viu o fuzil que apontaram para o senhor?

— Vi o fuzil e a mão que o desviou.

— Era a minha.

— Que loucura! Mas o ferimento não é grave. Ninguém morre por ter sido ferido na mão.

Os miseráveis

— A bala atravessou minha mão e penetrou no meu peito. É inútil tentar me salvar. Se quer ser bondoso, sente-se ao meu lado. Ouça.

Marius obedeceu. A jovem pôs a cabeça em seus joelhos.

— Não estou sofrendo mais! — disse ela.

Virou o rosto com esforço.

— Sabe, senhor Marius, quando via você naquele jardim, eu me sentia triste. Era tolice, pois fui eu mesma que lhe dei o endereço.

Perguntou, com um sorriso de dor:

— Acha que sou feia?

Ouviu-se Gavroche cantar. Ela contou que o garoto era seu irmão. Depois, disse:

— Fique aqui. Logo vou partir para sempre. Tenho no bolso uma carta para o senhor, desde ontem. Devia tê-la posto no correio. Mas não queria que chegasse às suas mãos. Perdoe-me.

Marius recebeu a carta. Ela pediu:

— Agora, me faça uma promessa.

— Qual?

— Quero um beijo na testa quando estiver morta. Afinal, quer saber um segredo? Acho que estava apaixonada pelo senhor.

Tentou sorrir e expirou. Marius curvou-se e beijou a testa de Éponine.

Em seguida, procurou um lugar iluminado. Abriu a carta. Era de Cosette.

Contava que viajaria para a Inglaterra dentro de oito dias. Dava o endereço de onde estaria até lá, com seu pai. Quando Jean Valjean decidira mudar às pressas, Cosette escrevera e endereçara a carta. Viu um rapazinho na rua. Tratava-se de Éponine, disfarçada.

— Pode fazer o favor de colocar esta carta no correio? Aqui está o dinheiro.

Éponine, com ciúme, não pusera a carta no correio.

Ao lê-la, Marius teve a certeza de ser amado. Mas do que adiantava? Seu avô proibira o casamento, e ela ia partir para a Inglaterra. Entretanto, queria se despedir de Cosette. Lembrou-se também do pedido de seu pai para ajudar Thénardier. Tendo sabido por Éponine que Gavroche era filho do antigo estalajadeiro, decidiu pedir-lhe que levasse um bilhete ao novo endereço de Cosette. Assim, salvaria a vida do menino. Este estaria fora das barricadas na luta final, que não demoraria. Ele, Marius, diria adeus a seu grande amor. Escreveu:

"Nosso casamento é impossível. Meu avô não o permite, nem temos meios para viver. Só me resta morrer. Amo-a, e sempre a amarei. Adeus."

Em outro papel, escreveu:

"Meu nome é Marius Pontmercy. Levem meu corpo para a casa do meu avô, senhor Gillenormand, na rua..."

Guardou no bolso. A morte seria inevitável no confronto final, já sabia. Era apenas um grupo de heróis contra um exército. Pediu a Gavroche para levar o bilhete. O menino hesitou. Não queria deixar a barricada. Mas obedeceu. Correu até a rua indicada no endereço.

Cosette estava deitada, não se sentia bem. Jean Valjean, julgando-se seguro, nem tomara conhecimento da rebelião. Ouviu o barulho da batalha, mas não se importou. Caminhava satisfeito pela sala, quando viu o mata-borrão sobre o bufê. O mata-borrão usado para secar a tinta da caneta conservara impresso em letras invertidas o texto do bilhete enviado por Cosette a Marius. Agora, refletira a mensagem no espelho. Jean Valjean pôde lê-la perfeitamente. De início, não quis acreditar. Leu várias vezes. Entendeu, então, os súbitos rubores de Cosette, a alegria.

— É um rapaz!

Teve um impulso. Saiu. Chegou à frente do prédio justamente quando Gavroche se aproximava. O menino aproximou-se. Conferiu o endereço.

— Onde fica o número 77?

Uma ideia atravessou a mente de Jean Valjean. Arriscou:

— É você que traz a carta que estou esperando?

— O senhor? A carta é para uma mulher.

— Não é para a senhorita Cosette?

— Cosette? Ela mesma.

Jean Valjean estendeu a mão.

— É isso. Pode me entregar. Levo para ela.

Gavroche acreditou. Deu a carta.

— Vem do governo provisório!

— Para onde mando a resposta?

— A carta vem da barricada da rua Chanvrerie. Boa noite, cidadão!

Gavroche partiu. Jean Valjean entrou. Leu a carta. Por um momento, sentiu-se feliz. Se Marius morresse, estaria livre do ra-

Os miseráveis

paz. Ficaria novamente sozinho com Cosette, como pai e filha. Ao mesmo tempo, a dúvida se insinuou em seu espírito. Seria correto permitir a morte do rapaz?

Vestiu o uniforme completo da Guarda Nacional. Saiu.

Caminhou na direção da barricada.

19
À BEIRA DA MORTE

Jean Valjean chegou à barricada. Vestido com o uniforme, pôde passar pelo exército e penetrar por uma das aberturas. Ao chegar, trocou seu uniforme com um pai de família, que queria partir. Era a única maneira de sair sem ser morto pelos soldados. Marius o cumprimentou, surpreso. Mas não havia tempo para conversas. De manhã, a artilharia investiu contra os rebeldes. Estes lutavam com heroísmo. Mas a munição acabava. Subitamente, todos notaram um vulto de menino pular a barricada. Era Gavroche, que voltara logo após entregar a carta. Carregava um cesto.

Gavroche entrou no campo de batalha, entre os soldados e os rebeldes. Catava os cartuchos deixados pelos soldados do governo mortos no ataque à barricada. Courfeyrac gritou:

Os miseráveis

— Saia, está chovendo bala.

Gavroche cantava, como se nada estivesse acontecendo. As balas zuniam. O menino ia de um cadáver a outro retirando os cartuchos. Sua atitude desafiava os atiradores. Ria e cantava. Miravam contra ele, mas não acertavam o alvo. Parecia pular entre as balas. No entanto, uma bala mais precisa o atingiu. O menino cambaleou. Caiu.

Os rebeldes gritaram. Gavroche ainda conseguiu sentar-se e entoou novamente uma canção de desafio. Não terminou. Uma segunda bala o matou. Caiu de bruços, o pequeno herói.

A tristeza tomou conta da barricada. A qualquer momento, sofreriam novo ataque e já não tinham como resistir. Enjolras foi até Javert, que continuava amarrado.

— Não pense que o esqueci. Será executado.

Jean Valjean aproximou-se:

— Quero ter o privilégio de executar este homem.

Javert ergueu a cabeça. Viu de quem se tratava.

— É justo.

Ninguém discordou. Nesse instante, ouviu-se um grito de Marius.

— Alerta.

Todos correram para as barricadas. Jean Valjean ficou sozinho com o prisioneiro.

— Vingue-se — disse Javert.

O outro pegou uma faca.

— Uma faca! — disse Javert. — Combina com você.

Jean Valjean cortou as cordas que o amarravam.

— Está livre — disse.

O inspetor de polícia não pôde conter um gesto de admiração. Jean Valjean continuou:

— Não sei se sairei daqui vivo. Mas vou lhe dar meu endereço.

— Se pensa que vou ficar lhe devendo um favor porque me deu a liberdade, está muito enganado! Prefiro que me mate! — disse Javert.

— Fuja enquanto é tempo.

Javert afastou-se. Conseguiu sair pela outra extremidade da barricada instantes antes do ataque final. Logo o tambor anunciou a investida dos soldados. Um a um os rebeldes foram tombando. Marius foi atingido por um tiro no ombro e caiu. Perdia sangue. Fechou os olhos. Sentiu que era pego por alguém. Pensou ter sido feito prisioneiro.

Era Jean Valjean, que não perdera Marius de vista. Ao vê-lo cair, foi até ele. Carregou-o nos braços. Andou até a outra extremidade da rua, onde tudo estava mais calmo. Percebeu que seria impossível sair porque também estava cercada.

Procurou com os olhos um meio de fugir enquanto ouvia os rebeldes serem vencidos. Não havia mais tempo.

Viu uma grade de ferro no chão. Como um ex-condenado, tinha prática em imaginar fugas. Foi até a grade. Era um respiradouro. Retirou algumas pedras soltas do calçamento. Puxou. A grade levantou-se. Colocou Marius, que estava desmaiado, nas costas. Desceu apoiando-se com os cotovelos em uma espécie de poço. Chegou ao solo.

Estava nas galerias subterrâneas do esgoto de Paris.

Andou mais um pouco para deixar o campo de batalha. Perto de um respiradouro, sentou-se para descansar. Examinou os bolsos de Marius, desfalecido. Encontrou seu recado, com o nome e o endereço do avô. Colocou o rapaz nas costas novamente e partiu.

Andava em plena escuridão, tateando pelas paredes, no meio da lama. Usou todas as forças para prosseguir, disposto a salvar Marius.

Em alguns pontos, parecia pisar em areia movediça. Sem luz nem qualquer indicação, arriscava-se a perder o rumo nas galerias. Em certo momento, quase submergiu em um atoleiro. Finalmente, chegou a uma extremidade da galeria. Viu luz. Andou até lá. Era um arco que terminava em uma grade. Estava na saída do esgoto! Entre ele e a salvação só havia aquela grade. Funcionava como uma porta, bem fechada. Tentou com todas as suas forças. Não conseguiu arrancá-la. Sentou-se no chão, prestes a desistir. De que adiantava voltar, se todas as saídas deviam ser como aquela? Marius, sem sentidos, parecia morto.

Subitamente, alguém se aproximou.

— Quero metade! — disse uma voz de homem.

Levantou os olhos. Para sua surpresa, havia um homem ao seu lado. Thénardier!

Thénardier o observou, tentando reconhecê-lo. Mas Jean Valjean estava contra a luz. Além disso, coberto de lama e sangue!

— Como pretende sair? — perguntou Thénardier.

Jean Valjean não respondeu.

— Eu tenho a chave que abre essa grade. Mas quero metade do que conseguiu com esse homem. Certamente, você o matou para roubá-lo.

Começou a entender. Thénardier pensava que fosse um assassino. Mostrou a chave.

Os miseráveis

— Sei que roubou esse homem. Dê metade, e abro a grade.

Não estranhou a mudez de Jean Valjean. Achou que fosse um assassino frio.

— Sei o que pretende. Machucou demais o rapaz... e ele morreu. Agora quer jogá-lo no rio, que é aqui perto.

Thénardier explicou que ele e outros bandidos fugidos da cadeia se escondiam no esgoto. Por isso tinha a chave. Mas queria sua parte.

— Chega de conversa. E o dinheiro?

Jean Valjean pegou a própria carteira. Retirou tudo o que tinha e deu ao outro.

— Não valeu a pena matá-lo — observou Thénardier.

Sem cerimônia, vasculhou os bolsos de Marius e de Jean Valjean. Sem que este notasse, arrancou um pedaço do casaco de Marius. Isso para descobrir, mais tarde, quem eram o assassinado e o assassino. Esqueceu a proposta inicial de dividir meio a meio. Ficou com tudo.

— Diabos! Matar por tão pouco. Mas palavra é palavra. Vou abrir a grade.

Abriu a grade. Jean Valjean saiu com Marius. Foi até o rio, jogou água no rosto dele. Constatou que, apesar de ter perdido muito sangue, o rapaz ainda respirava. Quando ia mergulhar a mão no rio novamente, sentiu estar sendo observado. Ergueu os olhos. Era Javert.

Ao deixar a barricada, Javert fora à polícia. Apresentara um relatório ao chefe. Em seguida, foi cumprir a outra missão do dia: investigar a existência de um bando de criminosos nas margens do Sena. Lá chegando, vira Thénardier. Ao ver-se perseguido, o antigo estalajadeiro fugira pelos esgotos, de cuja grade possuía a chave. Ao encontrar o suposto assassino e sua vítima no esgoto, resolvera libertá-los. Não por bondade. Mas por calculismo. Queria atirar os dois para o inspetor, como um osso a um cachorro. Foi o que aconteceu. Ao ver o homem sujo de sangue e lama, Javert não o reconheceu.

— Quem é você?

— Sou Jean Valjean.

Javert colocou as mãos nos seus ombros. Reconheceu-o.

— Não vou fugir. A prova disso é que lhe dei meu endereço. Só peço um favor — disse Jean Valjean.

O inspetor parecia fascinado.

— Que faz aqui? Quem é o rapaz?

— É esse favor que preciso pedir. Ajude-me a levá-lo à casa dele. Depois, faça de mim o que quiser.

Javert examinou Marius.

— Está morto.

— Não, ainda vive. Precisamos levá-lo à casa do avô. Tenho o endereço.

Javert contraiu o rosto. Aceitou. Já era noite quando chegaram à casa do senhor Gillenormand. O inspetor bateu à porta. O porteiro atendeu.

— Trouxemos o rapaz. Está morto.

Acordaram a tia de Marius. Ela correu a socorrê-lo. Fez os criados levarem-no para cima. Mandou chamar um médico.

Javert fez um sinal a Jean Valjean. Partiram novamente.

— Tenho mais um favor a pedir.

— Qual? — perguntou o inspetor.

— Permita que eu vá um instante a minha casa. Só um instante.

O próprio Javert deu o endereço ao cocheiro. Quando chegaram, o inspetor dispensou o carro de aluguel. Assumiu uma expressão estranha:

— Suba. Eu o espero aqui.

Era uma maneira de agir diferente da habitual. Jean Valjean subiu as escadas. Na sala, olhou para fora. Javert não estava mais lá. Afastara-se a passos lentos, de cabeça baixa.

Caminhou até o rio. Chegou até uma ponte, foi ao parapeito. Meditava. Estava abalado. Não se conformava em dever a vida a um malfeitor. Tinha horror de pensar em retribuí-la. Mas não podia esquecer que Jean Valjean lhe devolvera a vida. Vivia um dilema: entregar Jean Valjean seria ingratidão. Deixá-lo livre, uma traição para com seu dever de policial. Seu ideal sempre fora mostrar-se inflexível no cumprimento do dever. Mas o antigo forçado fora generoso e bom. Não compreendia como era possível.

Só havia uma maneira de resolver o dilema, a seu ver.

Tirou o chapéu e colocou-o sobre a amurada. Subiu no parapeito. Pulou no rio. Ouviu-se um baque. As águas sepultaram para sempre o inspetor Javert.

Jean Valjean estava livre.

Mas, enquanto isso, Marius continuava à beira da morte.

20
O CASAMENTO

Durante muito tempo, Marius esteve entre a vida e a morte. O avô não abandonava a cabeceira da cama. Doente, o rapaz chamava por Cosette. Aos poucos, melhorou. Mal se lembrava dos acontecimentos na barricada. Não sabia quem o salvara. O porteiro mal vira os dois homens que o haviam trazido. Só desejava uma coisa: encontrar Cosette.

Certo dia, o avô o aconselhava sobre uma dieta para se fortalecer:

— Nada como um bife para um doente.

Animado, Marius respondeu:

— Quero me casar.

— Já sei — disse o senhor Gillenormand, rindo.

— Como assim?

— Vai se casar com a moça, como quer. Desde que está ferido, ela só chora. Todos os dias vem aqui um senhor de cabelos brancos para saber notícias em nome dela. Pois muito bem: se quer casar, case! Não perca tempo, rapaz. Eu ofereço um bife e me responde que vai casar! Eu só quero que seja feliz, Marius!

Os dois choraram. Avô e neto se reconciliaram, finalmente.

Cosette foi avisada. O reencontro dos dois foi indescritível. O amor era mais forte do que nunca. O casamento foi marcado. O avô fez a ressalva:

— Enquanto eu estiver vivo, nada faltará aos dois. Mas minha herança é pequena, porque o que eu tinha pus em uma aplicação de renda fixa que só vale enquanto eu estiver vivo.

Jean Valjean revelou: a jovem tinha um dote de mais de quinhentos mil francos. Uma fortuna para a época. Era o dinheiro que ele ganhara quando industrial. Gastara o mínimo e deixara a maior parte enterrada até então. A tia, que era muito rica, não quis ficar atrás. Fez um testamento em nome do casal. O casamento foi marcado.

No dia da cerimônia, o pai da noiva alegou ter sofrido um acidente na mão direita. Não assinou os papéis. Nem participou do banquete. Cosette queria que ele fosse viver com ela, na ampla residência da família de Marius.

No dia seguinte, ele foi procurar Marius. O rapaz o recebeu de braços abertos:

— Temos um quarto pronto para o senhor. Venha viver conosco!

Jean Valjean respondeu:

— Tenho uma confissão a fazer. Sou um fugitivo da justiça.

Desenrolou sua mão enfaixada e mostrou. Não sofrera nenhum acidente.

— Fingi o ferimento para não assinar os papéis do casamento, pois seria obrigado a usar um nome falso. O casamento seria nulo.

— Que quer dizer? — espantou-se Marius.

— Fui um forçado das galés. Cumpri dezenove anos por roubo. Atualmente, sou um foragido da lei.

— Diga tudo!

O rapaz estava horrorizado. Casara-se com a filha de um criminoso.

— Pelo amor que dedico a Cosette, eu juro. Não sou pai dela.

O homem inspirava confiança, apesar de tudo. Marius reconheceu:

— Creio no que diz.

— Soube de Cosette quando sua mãe estava morrendo. Há dez anos eu a tirei das mãos de uma família de monstros, onde era maltratada. Agora está casada. Terá um destino melhor. Quanto ao dote que dei, não se preocupe, não é dinheiro desonesto. É uma quantia que estou restituindo.

— Por que me confessa tudo isso?

— Pode parecer estranho, sendo eu um antigo forçado. Mas é por honestidade. Houve um tempo em que fui obrigado a roubar um pão para comer. Hoje, a minha consciência me obriga a não mentir, nem a continuar ocultando quem sou.

Marius estava em silêncio. Estarrecido.

Jean Valjean fez um pedido:

— Agora que já sabe de tudo, posso continuar a ver Cosette?

— Não acho conveniente.

O velho sofria. Insistiu:

— Deixar de vê-la, deixar de falar-lhe, romper todos os laços afetivos... doeria muito. Preciso ver Cosette. Além disso, se eu desaparecer, vão comentar. Permita-me visitá-la.

Marius cedeu:

— Pode vir todas as tardes. Cosette o esperará.

— O senhor é bom.

Os dois homens se despediram.

Cosette estranhou o arranjo. Durante meses, o pai vinha visitá-la, sempre na sala de baixo, que era a mais fria e mais mal mobiliada da casa. Com o tempo, notou que deixavam de acender a lareira. Depois, retiraram as cadeiras. Jean Valjean percebeu que não era bem-vindo. De maneira discreta, mas firme, Marius procurou afastá-lo de Cosette.

Aos poucos, espaçou as visitas. Um dia chegou, e Cosette não estava. Atrasara-se. Ele percebeu que não tinha mais lugar na vida dela. Fingiu uma viagem. Afastou-se. Parou de comer. Ficou doente e não saiu mais. A separação e o abandono minavam sua resistência. Mesmo assim, quando a criada de Cosette ia buscar notícias, mandava dizer pelo porteiro que estava viajando.

Apaixonada, a moça dedicava-se inteiramente ao marido. Com o tempo, parou de perguntar. A felicidade ao lado de Marius era suficiente.

21
A HORA DO ADEUS

Marius queria afastar Jean Valjean de Cosette. Fez investigações. Recebeu informações erradas. Concluiu que o homem era ladrão e assassino.

Uma noite, recebeu uma carta. O criado avisou:

— A pessoa que a escreveu está na sala de espera.

Repleta de erros de ortografia, era assinada por um senhor Thénard. Dizia saber um segredo sobre a família. Marius sentiu-se feliz. Só podia se tratar de Thénardier, por quem seu pai havia pedido na carta testamentária. Se pudesse recompensar Thénardier, só faltaria uma coisa para ficar em paz: descobrir quem salvara sua vida nas barricadas.

— Mande entrar.

Apareceu um homem de nariz grosso, cabelos ruivos, óculos. Vestia-se de preto. Andava curvado. Não reconheceu Thénardier, que alugara o disfarce para parecer respeitável. Desapontado, o rapaz perguntou:

— Que quer?

— Não me reconhece? Fomos apresentados na casa da princesa Bragation.

— Não conheço nenhuma princesa com esse nome. Nunca fui à casa dela.

O homem insistiu. Falou de outras pessoas da sociedade, que supunha serem conhecidas de Marius. Acabou pedindo uma ajuda financeira para uma suposta viagem à América, onde pretendia viver entre os selvagens.

— Que tenho com isso? — quis saber Marius.

O desconhecido enfureceu-se:

— Não leu minha carta?

— Diga o que quer de uma vez por todas.

— Venho lhe vender um segredo. Tem em sua casa um ladrão e um assassino!

— Em minha casa? Nunca!

— É um homem que usou nome falso para entrar em sua família. É Jean Valjean.

— Já sei.

— É um ex-forçado.

— Também sei disso.

Marius o observou atentamente. Viu quem era através do disfarce. Martelou as palavras:

— Sei também o seu nome. É Thénardier. Pare de fingir.

Atirou uma cédula de alto valor para Thénardier. Imediatamente, este arrancou o disfarce: dois canudos de pena para alargar o nariz, os óculos, os cabelos no rosto, e tudo o que havia de postiço.

— Sou realmente Thénardier.

— Muito bem. Fique sabendo. Estou informado do segredo que pretendia me revelar. Jean Valjean é assassino e ladrão. Fiz minhas investigações. Roubou um rico industrial chamado Madeleine. E matou o inspetor de polícia Javert!

O rapaz estava convicto do que estava dizendo. Depois da confissão de Jean Valjean, investigara a origem do dote de sua mulher. Mas suas informações estavam erradas. Supunha que o dinheiro fora roubado de Madeleine pelo ex-forçado. Horrorizado, pretendia devolvê-lo.

Os miseráveis

O orgulho de Thénardier falou mais alto.

— Está muito enganado. Pensa que sabe e não sabe. Ele é assassino e ladrão. Mas foram outros seus crimes. Posso provar.

— O quê?

— Jean Valjean não roubou Madeleine, porque ele era o próprio Madeleine.

— Que está dizendo?

— Segundo, não assassinou Javert. O inspetor se matou.

Thénardier afirmou estar munido de provas.

— São recortes de jornais! Não são provas manuscritas, que podem ser forjadas. Mas provas impressas!

Tirou um pacote do bolso. Eram dois jornais amarelados pelo tempo.

Marius compreendeu. Jean Valjean ajudara toda uma cidade quando prefeito. E salvara Javert das barricadas, fingindo matá-lo. Ele, que desde a confissão supunha que o ex-condenado executara Javert por vingança! Surpreendeu-se.

— É um herói! É um santo!

— Nada de ilusões. É um ladrão e assassino. Eu encontrei esse homem há cerca de um ano na galeria do esgoto de Paris. Tinha um rapaz nas costas. Morto.

Marius aproximou a cadeira, interessado.

— Ia certamente jogar o cadáver na água do rio. Eu abri a grade. Mas arranquei um pedaço do casaco do rapaz para descobrir quem era a vítima. Veja.

Thénardier mostrou o pedaço do casaco de Marius. O rapaz empalideceu.

— Tenho motivos para acreditar que era um rapaz rico, que Jean Valjean matou para roubar.

— O rapaz era eu! — gritou Marius, reconhecendo o tecido de seu antigo casaco.

Pegou um punhado de notas.

— O senhor é infame. Um caluniador. Veio acusar esse homem. Mas acaba de inocentá-lo! Saiba que sei de tudo. Eu o vi quando se fazia passar por Jondrette. Sei o suficiente para mandá-lo para as galés. Mas em respeito a Waterloo... tome esse dinheiro.

— É verdade. Salvei um general em Waterloo.

— Salvou um coronel, mentiroso! Pegue esse dinheiro e saia da minha vista!

Thénardier agarrou o maço de notas. Curvou-se. Agradeceu. Saiu depressa. Dois dias depois, com o auxílio de Marius, foi para a América com nome falso. Levava sua filha Azelma, pois a mulher morrera na cadeia. Recebeu mais uma boa quantia do rapaz. Mas foi na América o que fora na Europa. A boa ação de Marius não resultou em outra boa ação. Thénardier tornou-se traficante de escravos.

Assim que Thénardier saiu de sua casa, Marius gritou:

— Cosette, Cosette. Vamos para a casa do seu pai! Ah, meu Deus! Foi ele quem me salvou a vida!

A moça estava emocionada.

— Que alegria! Eu nem ousava falar nisso.

— Agora entendo tudo, Cosette. A carta que eu mandei por Gavroche caiu nas mãos do seu pai. Por isso você nunca a recebeu. Ele foi para a barricada para me salvar! Atravessou as galerias do esgoto comigo às costas! Eu estava desmaiado, por isso não o reconheci. Vamos buscá-lo, ele vem morar conosco, queira ou não! Nunca mais nos deixará!

Quando chegaram, Jean Valjean estava deitado. Ouviu as batidas e disse, com voz fraca:

— Entrem.

Cosette e Marius apareceram.

— Cosette! — exclamou o ancião, erguendo-se trêmulo.

Ela caiu em seus braços.

— Estou perdoado? — perguntou Jean Valjean.

Contendo as lágrimas, Marius murmurou:

— Meu pai!

— Também me perdoa, Marius? Obrigado, meu filho.

Cosette abraçou o velho. Beijou sua testa.

— Como fui tolo! Pensei que não a veria mais.

— Por que nos abandonou? — perguntou Cosette. — Eu mandava saber notícias, e a criada voltava sempre dizendo que estava viajando. Que maldade. Está doente! Marius, pegue a mão dele. Veja como está fria.

Jean Valjean sabia que Marius o afastara de Cosette. Mas não reclamou.

— Então, Marius, me perdoou! Obrigado!

— Está ouvindo, Cosette? Ele salvou-me a vida. E mais: ele me deu você. É a mim, que sou ingrato, injusto, que ele agradece! Por que não me disse tudo?

— Disse a verdade — respondeu Jean Valjean.

— A verdade é a verdade inteira. Por que não disse que era Madeleine? Salvou Javert, e também não contou. Por que não me disse que eu lhe devia a vida?

— Era preciso me afastar.

Doente, Jean Valjean parecia ter oitenta anos. Dizia, emocionado:

— Eu não podia passar sem ver Cosette de vez em quando. O coração é como um cão, precisa de um osso para roer. Quando vocês chegaram, eu estava a ponto de morrer! Mas foi como se renascesse.

— O senhor vai viver, e viver em nossa companhia! — disse Marius.

Jean Valjean sorria:

— Deus não muda sua resolução. É conveniente que eu me retire. Sejam felizes, meus filhos!

Ouviu-se um ruído na porta. O médico entrou. Jean Valjean olhou para Cosette, como se quisesse levá-la consigo para a eternidade.

O médico tomou seu pulso. Olhou para Cosette.

— É sua falta que ele sentia.

Em seguida, disse em voz baixa para Marius:

— Agora é tarde.

A moça soluçava:

— Meu pai! Não nos deixe!

Jean Valjean explicou rapidamente como ganhara o dinheiro do dote de Cosette na indústria. Suas faces ficaram mais pálidas. O porteiro entrou.

— Quer que eu chame um padre?

— Aqui está um! — respondeu Jean Valjean.

Apontou para alguém invisível. Talvez estivesse vendo o bispo que iluminara seu coração. Contou como encontrara Cosette, carregando um balde de água maior do que ela. Falou de Fantine:

— Sua mãe sofreu muito. Ela a ama, Cosette.

Olhou para o casal.

— Vou partir. Lembrem-se de mim de vez em quando. Amem-se sempre, um ao outro. É o melhor que podemos dar e receber neste mundo: o amor! Não sei o que tenho, parece que vejo uma luz! Cheguem mais perto. Morro feliz! Aproximem suas queridas cabeças, para que eu ponha as mãos em cima delas!

Cosette e Marius ajoelharam-se. Beijaram suas mãos. Apenas acabou de falar, Jean Valjean inclinou-se para trás. Ao clarão dos dois castiçais de prata, acesos, viam-se seus olhos fechados.

Estava morto. A noite estava escura. Não havia uma estrela no céu. Sem dúvida, na escuridão, havia um anjo de asas abertas, esperando a alma daquele justo para levá-la ao céu.

Seu corpo foi enterrado em cova rasa, longe dos mausoléus de mármore, como era seu desejo. Nenhuma inscrição, nenhum nome está inscrito.

Há muitos anos, alguém rabiscou quatro versos na pedra. Com o pó, as intempéries e a passagem do tempo, já terão desaparecido:

"Ele dorme. Embora a sorte lhe tenha sido adversa
ele viveu. Morreu quando perdeu seu anjo;
partiu com a mesma simplicidade
com a chegada da noite após o dia."

Por que amo *Os miseráveis*

Walcyr Carrasco

Li *Os miseráveis* pela primeira vez quando era adolescente. Desde então, continuo fascinado por este livro. Tanto que não só o reli várias vezes, mas traduzi e adaptei. Para mim, foi um trabalho repleto de emoção, pois pude mergulhar profundamente na alma das personagens. Também assisti à sua versão musical, que foi apresentada em todo o mundo. Vi filmes e séries de TV inspiradas na história.

O que torna o romance tão universal?

Apesar de ter sido escrito há tanto tempo, os dramas das personagens poderiam acontecer hoje. Miséria, fome, prisões arbitrárias, tudo isso ainda faz parte de nossa realidade. Quando leio os jornais, encontro histórias tão próximas às das personagens!

Mas o que sempre me tocou especialmente foi a trajetória de Jean Valjean, a personagem principal. Um ex-presidiário cheio de raiva e ódio pelo mundo, que se transforma diante de um gesto de generosidade. (Até hoje meus olhos ficam cheios de lágrimas quando leio o episódio dos castiçais.) Muita gente acredita que as pessoas não mudam. Tenho um amigo que diz, quando faz alguma coisa desagradável:

— Eu sou assim e está acabado!

Respondo:

— Você não precisa ser assim.

Eu acredito que as pessoas mudam, sim! Mais que isso: que, ao longo da vida, temos inúmeras oportunidades de evoluir, de nos tornarmos pessoas melhores.

Outro aspecto do livro que me comove muito é descobrir como o amor dá um sentido para a vida. Jean Valjean resolve criar uma pequena órfã, Cosette. E a capacidade de amar o torna uma pessoa mais completa, faz desabrochar novos talentos.

Saber receber e oferecer amor, no seu sentido mais amplo. É isso que mexe tanto comigo. Receber um gesto de carinho de coração aberto, às vezes, é tão difícil quanto oferecer. Ser generoso, sem nenhum outro interesse, também é muito difícil. Através de *Os miseráveis* eu descobri, desde cedo, que o amor torna o mundo melhor.

Quem foi Victor Hugo

Victor Hugo nasceu em Besançon, França, em 1802. Considerado um dos maiores nomes da literatura mundial, foi o porta-voz do movimento romântico e grande dramaturgo, ensaísta e poeta. Apaixonado, generoso, dedicado exaustivamente à arte de escrever, deixou uma obra colossal ao falecer, em 1885. Entre as que mais se destacam estão: *O Corcunda de Notre-Dame*, *Os trabalhadores do mar* e *Cromwell*. Em *Os miseráveis*, o autor trata das questões morais e das injustiças sociais com tal maestria que ainda hoje é um dos romances mais lidos e adaptados para o cinema e para o teatro.

Quem é Walcyr Carrasco

ARQUIVO DO AUTOR

Walcyr Carrasco nasceu em 1951, em Bernardino de Campos, SP. Escritor, cronista, dramaturgo e roteirista, publicou mais de trinta livros infantojuvenis ao longo da carreira, entre eles *O mistério da gruta*, *Asas do Joel*, *Irmão negro*, *Estrelas Tortas* e *Vida de Droga*. Fez também diversas traduções e adaptações de clássicos da literatura, como *A volta ao mundo em 80 dias*, de Júlio Verne, e *Os miseráveis*, de Victor Hugo, com o qual recebeu o prêmio Altamente Recomendável pela Fundação Nacional do Livro Infantil e Juvenil. *Pequenos delitos*, *A senhora das velas* e *Anjo de quatro patas* são alguns de seus livros para adultos. Autor de novelas como *Xica da Silva, O cravo e a rosa, Chocolate com pimenta, Alma gêmea, Caras & Bocas* e *Amor à vida,* é também premiado dramaturgo — recebeu o Prêmio Shell de 2003 pela peça *Êxtase.* Em 2010 foi premiado pela União Brasileira dos Escritores pela tradução e adaptação de *A Megera Domada,* de Shakespeare.

É cronista de revistas semanais e membro da Academia Paulista de Letras, onde recebeu o título de Imortal.